我们一直都在行走中

WOMEN YIZHI DOUZAI XINGZOU ZHONG

李良旭 著

江西教育出版社
JIANGXI EDUCATION PUBLISHING HOUSE

图书在版编目（ＣＩＰ）数据

我们一直都在行走中 / 李良旭著. -- 南昌 ： 江西
教育出版社，2015.7（2019.7 重印）
　　（悦读文库）
　　ISBN 978-7-5392-8210-7

　　Ⅰ．①我… Ⅱ．①李… Ⅲ．①散文集－中国－当代
Ⅳ．①I267

中国版本图书馆CIP数据核字(2015)第165203号

悦读文库
我们一直都在行走中
WOMEN YIZHI DOUZAI XINGZOUZHONG
李良旭/著

江西教育出版社出版
（南昌市抚河北路291号 邮编：330008）
各地新华书店经销
日照教科印刷有限公司
710毫米×1000毫米　16开本　13印张　字数165千字
2015年8月第1版　2019年7月第2次印刷　印数10000 册
ISBN 978-7-5392-8210-7
定价：26.00 元

赣教版图书如有印制质量问题，请向我社调换　电话：0791-86710427
投稿邮箱：JXJYCBS@163.com　来稿电话：0791-86705643
网址：http://www.jxeph.com

赣版权登字-02-2015-408

目 录

第一辑

看风过后，落红成阵

她在画你呢

火车到站还有一会儿，我斜靠在候车大厅的椅子上，神情专注地翻阅着一本刚买的杂志。

候车大厅里人来人往，噪音很大，广播里不时播放着各趟列车到站的时间，让旅客做好上车的准备。感觉到座位旁边的人不停地在起起坐坐，不停地更换着。

我放下杂志，看了下时间，站起身打了个哈欠。忽然，感觉有人在拽我衣角，我低头一看，见是一位六十多岁的老太太。老人脸上露出神秘的神色，示意我坐下。

我疑惑地坐下，老太太将头凑了过来，向我努努嘴，说道："她在画你呢！"

我顺着老人的视线望去，只见对面不远处有一个小姑娘正托着一只画夹在画画。她不时抬头又低头，每次都向我这边望着。

哦，是一个画画的。看那个小姑娘的样子，她一定是学美术的，很清秀，眸子很亮。我心里暗暗发笑：我有什么特别的地方，在这么多旅客中，让这小姑娘选取了我成为她画像中的人物。

老太太又神秘地将头伸了过来，依然很神秘地说道，刚才我从小姑娘那边过来的，我在她后面看到她是在画你，画得真像，你不要乱动，影响她画你。

老太太看到小姑娘在画我，善意地提醒我不要乱动。

听老太太这么一说，我尴尬地笑了笑，马上又恢复了刚才的坐姿，不过感到有些别扭，甚至眨了一下眼睛，也感觉影响了小姑娘画我。我不时偷偷地用余光看着小姑娘，发现小姑娘一直在画夹上专心致志地画着。小姑娘的睫毛很长，不时抬起眼睑，睫毛轻轻闪动着，很柔美。

广播又响了，我乘坐的火车就要进站了，身旁的人拿起行李，纷纷站起身，往入口处走去。我抬眼看去，发现小姑娘还在专心致志地画着。我有些内疚地依依不舍地站起身，拿起行李，往入口处走去。

我不时地回过头去，看到小姑娘还在那画着。我不禁心想，小姑娘将我画成什么样呢？忽然又一想，是刚才那位老太太告诉我那个小姑娘在画我，如果老太太不说，我永远不知道，在人群熙攘的火车站候车厅等火车时，我被人选作了人物速写样本。

旅途上，我一直被一种柔软萦绕着，我想，在生命的旅途中，我又有多少次成为别人画作上的素材或者别人难忘的形象呢？

我忽然感到，我们每一个人都有可能成为他人的一种风景。尽管自己是那么平常，甚至没有一丝涟漪，但一缕风吹过，额前一丝刘海拂动、衣衫一角飘逸、手臂自然叉在腰间，那一刻，在别人的目光里，一定很酷，产生一种难忘的印象。那种印象，根深蒂固，难以忘怀。

看见自己绚丽的影子

美国著名艺术家吉普森用彩虹和影子两个元素，进行了一种全新的绘画尝试。吉普森惊奇地发现，利用这种绘画手法，取得了一种令人意想不到的艺术效果。它使原来阴暗、单调的影子，绽放出迷人、妖娆的光晕和色泽。从这些影子上，他仿佛看到了一种生命的美丽和燃烧。

吉普森在街头为一名建筑工人绘画。这名建筑工人正站在高高的脚手架上粉刷墙体，他的身上沾满涂料和泥浆。吉普森用彩虹绘画出这名建筑工人的影子。画作完成后，他发现，这名建筑工人的影子洒满金色的阳光，像披上了一身金色的羽毛，熠熠生辉。

这名建筑工人看到吉普森为他画的影子，感动得热泪盈眶。他说，我曾经为自己的人生自卑、叹息过，对自己所从事的工作充满了怨言和消极情绪。看到这幅画后，我为自己曾经的那种想法感到自责和汗颜。原来自己身后也有一个绚丽的影子，这绚丽的影子，一直在伴随着自己，这真的是一种神奇和温暖。

吉普森在街头为一名清洁工绘画。这名清洁工正拿着一把扫帚在清扫路面。吉普森用彩虹绘画出这名清洁工的影子。画作完成后，他发现，这位清洁工的身后映衬着一个绚丽的影子。这道影子，曼妙、婆娑，就像一只展翅飞翔的大鹏，翱翔在蓝天，闪耀着璀璨的光芒。

这名清洁工看到吉普森为他画的影子，目光久久地停留在这幅画上。那一刻，他眼睛里噙满了泪水。他哽咽地说道，原来我也有一个绚丽的影子，我为自己的人生感到自豪和骄傲。

吉普森在街头为一名交通警察绘画。这名正在指挥交通的警察，不停地上下左右挥舞着手臂。吉普森用彩虹绘画出这名警察的影子。画作完成后，他发现，这名警察身后颀长的影子，就像是矗立的白杨，挺拔、坚定。

这名警察看到吉普森为他画的影子，惊讶得目瞪口呆。他轻轻地亲吻着画上的自己的影子，喃喃地说道，真是太神奇啦！自己原来也有这样一个绚丽的影子，我为自己曾经顾影自怜，感到悲哀。

吉普森为一名在课堂上的老师绘画。这名正在给小学生上课的老师，是一个美丽的姑娘，姑娘的眉黛浅处却有一种隐隐的忧愁。吉普森用彩虹绘画出这名小学教师的影子，她身后的影子像盛开的向日葵，昂首挺胸，散发出金黄色的光芒。

这名女教师看到吉普森为她画的影子，眼睛里顿时泅上了一片晶莹。

她有些羞涩地说道，原来自己也有一个美丽的影子，这美丽的影子，给了她一种信心和力量，她不会再对生活抱怨什么，这金黄色的影子会一直激励自己努力地生活下去。

·············

吉普森在他出版《彩虹和影子》的画作发行仪式上，对参观者说了这样一句话，给人们留下了深刻的印象。他说："其实，我们每一个人身后都有一个绚丽的影子。永远不要看轻自己、怠慢自己，在你的身后，一直有一个绚丽的影子，它散发出金色的光芒，照耀着自己的人生。时常看到自己身后那个绚丽的影子，不仅是人生的一种智慧和聪明，更是一种人生的勇气和力量。"

从来没有枯死的生命

智利摄影师克劳迪奥·亚涅斯在海边摄影时，发现了沙滩上有一条干枯的死鱼。已死了很长时间了，只剩下一些骨架。海浪不时冲向它的身体，好像在深情地亲吻它；天空上，海鸥不时在它上面盘旋着，发出悦耳的叫声，好像在和它呢喃。

这一幕，深深地打动了亚涅斯的心。他仿佛看到那条干枯的死鱼又有了一种新的生命，正发出生命的歌唱。经过艺术处理，他拍下了躺在沙滩上那条干枯的死鱼。照片洗出来后，这条枯死的小鱼，转化成沙滩上一朵鲜艳的花朵，娇艳欲滴。这朵鲜艳的花朵，就是从那条干枯的死鱼，延伸出来的一种新的生命。

这张照片在报纸上发表后，引起了读者强烈反响，人们纷纷称赞亚涅斯，觉得他拍摄的这张照片，蕴含着深刻的生活哲理和人文思考，给人带来了强烈的视觉震撼并极富艺术效果。这张照片，最后还获得了智利最高摄影展——21世纪智利青年摄影展的大奖。

偶尔的成功，给了亚涅斯很大的信心和创作灵感，他仿佛找到了另一条摄影创作之路。就这样，他开始了一种全新的摄影探索和艺术追求。

他看到路边一根枯死的树桩，他在这根树桩前久久徘徊、凝视，目光中，溢满了柔情。这根树桩上布满了尘土和蛛网，在常人的眼里，这根枯死的树桩，一点没有了生命的迹象。亚涅斯选择角度拍照后，经过艺术处理，这根枯死的树桩转化成了美丽、可爱的小山羊。小山羊眨着一双美丽的眼睛，正无忧无虑地吃着嫩绿的青草。

他看到垃圾筒里被人吃剩下来的半块面包。他将面包拿出来仔细观察着。一对青年男女卿卿我我走了过来，女孩看到亚涅斯手里拿着半块面包，嬉笑道："捡了半块面包，还这么左看右瞧的，好像捡了个什么宝贝似的。"

亚涅斯听了，深情地说道："是的，在我眼里它就是一块宝贝。"女孩听了，一下笑出声来。她说道："您这人说话可真逗，不就是半块被人丢进垃圾桶里的面包吗？怎么成了宝贝了？"

亚涅斯说道："姑娘，你拿着这半块面包，你马上会看到一种神奇的效果。这不是魔术，是艺术。"

女孩拿起这半块面包，满脸疑惑地看着亚涅斯。亚涅斯举起手中的相机，调整好光圈和焦距，按下了快门，然后，亚涅斯将相机拿给女孩看。女孩看到，相机里刚刚拍下的照片：她手里托举的是一片丰收的稻田。

女孩看呆了，过了好一会儿，女孩才对男孩喃喃地说道："这看似被丢弃的半块面包，其实是一片丰收的稻田演变而来的。"她又对亚涅斯说道："谢谢您让我知道了这样一个浅显而深刻的道理，从来没有枯死的生命，一切生命将会以另一种形式出现。"

亚涅斯专门拍摄从生活中发现的那些没有生命迹象的东西，经过他艺术处理，这些过去看似没有生命的东西，以另一种形式，重新有了生命。

他将被车碾死的小狗，拍摄成了盛开在马路上的玫瑰；他将漂浮在水面上的死鱼，拍摄成了水面上欢快的鸭子；他将被人射杀的鸟禽，拍摄成了欣欣向荣的向日葵……

亚涅斯成了智利著名的另类摄影师，人们从他的摄影作品里，看到了燃烧的生命和希望，看到了珍惜生命、热爱生命的深刻和迫切。人们亲切地称他的摄影作品是"从来没有枯死的生命"。

看你是什么表情

美国摄影师大卫·克里特别出心裁地创作出一组摄影作品。他在繁华的街头进行了一种惊奇摄影小测验，他想看看街上行人面对给自己造成麻烦的事件会是一种什么表情。他躲在暗处，让他的助手出场，然后悄悄地拍摄出种种场面来。

在纽约摩根西大街的人行道上，助手拿出篮球突然挡住了一个小伙子的去路，在他面前左右摇晃着做出传球动作。面对突然出现的这种场面，小伙子站住后微微一愣，但很快就露出一丝笑容。他想往左边让一下，没想到，那人又往左边传过来。他往右边让一下，那人又往右边拍过来，就好像跟他故意过不去似的。左闪右突中，小伙子就是过不去。无奈，小伙子索性站住不动了，不过，他的脸上始终露着微微笑容，不急不躁地看着这个人。一会儿，助手收起篮球，往前走去。小伙子这才耸耸肩，继续走他的路。不过，一路上，他好像一直在笑。面对刚才不可思议的一幕，他感到很有趣，心里面还一直回味无穷呢！

前面走来了一个美丽的少女。助手拿出篮球突然在她面前左右摇晃着拍打起来。少女一惊，看着眼前这人滑稽的拍球动作，她莞尔一笑，转而弯下腰，伸出手，跟他抢起篮球来了。眼疾手快中，少女已将篮球抢到手，她在他面前玩起了花样运球动作。把眼前这男人晃得一愣一愣的。开怀一笑中，少女将篮球传给了这个人，然后娉婷而去。

前面来了一对老夫妻。老太太挽着老伴的胳膊，慢慢地走来。助手来到他们面前，拿出篮球突然在俩人面前左右摇晃拍打起来。俩老人站住后，随即相视一笑，面露慈祥地看着眼前拍打篮球的人。间或老爷子还下意识地伸出手想去拍打跳到眼前的篮球。一会儿，助手收起篮球走了。俩老人这才移动起步子向前走去，一路上，俩人频频颔首，一缕温暖的笑意在他们脸上绽放。刚才那有趣的一幕，仿佛让俩老人有了谈不完的话题。

大卫·克里特还让助手拿着相机故意挡住行人拍照、让女助手一路奔跑故意拥抱错人、让助手故意请路人推车、让助手拍人肩膀故意认错人……

大卫惊讶地发现，这街头即兴表演，甚至带有恶作剧的成分，路人的脸上表情常常是惊讶，随即会心一笑，从没人厌恶、发火，甚至是恶语相向。大卫在摄影作品的旁白中深情地说道："面对生活中发生的不如意的事情，看你是什么表情，就能窥探到你的内心世界。你是什么表情，生活就是一种什么表情。始终拥有一张从容、淡定的笑脸，这是一个社会文明的标志，更是一种内心的强大和自信。"

看风过后，落红成阵

老屋前，有一片茂密的枫树林，这片枫树林是什么时候有的，大人们也说不清楚。听奶奶说，她小时候，就有这片枫树林了。

每当到了夏天，这片枫树林，就变成了一片红色的海洋，那片片殷红，像一簇簇燃烧的火焰，蔚为壮观；徜徉在这片枫树林里，耳旁只听到枫叶之间摩擦发出的"哗啦哗啦"声响，如歌唱的行板；到了秋天，一觉醒来，来到这片枫树林，却见地上已落下厚厚的一层红叶，像铺上了一层红地毯。林间刮来一阵风，枫树上的枫叶纷纷落下，头上、身上沾上了片片枫叶，再一看，地上又落下一层枫叶，几枚枫叶在地上打着滚儿，像撒着欢儿的小马驹。听奶奶说，这里的每一片枫叶都是有生命的。

奶奶看着地上这片厚厚的枫叶，常常微眯着眼，脸上的皱纹，像盛开的菊花，只见她伸出兰花指，干瘪的嘴像在念诵着经文，喃喃地唱："看风过后，落红成阵。"

我听不懂从奶奶口中吐出的这句话的意思，仰起脸，问："奶奶，您在唱什么呢？"

奶奶用她柔软的手，抚摸着我的头，慈祥地说道："孩子，看到这片厚厚的枫叶，我想到了戏文里的一句唱词。"奶奶年轻的时候，就是一个戏迷，许多戏都会唱呢。

奶奶说起唱戏，好像一下子有了精神。村里来过戏班子，奶奶带我看过。舞台上，演员们脸上画着浓浓的油彩，穿着水袖长袍，一阵行板响过，一个词从嘴里要唱很长的音，随后，又是一阵小锣的"咚咚呛"。我听不懂，全没了兴趣，不知不觉，在奶奶怀里睡着了。一觉醒来，看到奶奶拿着条手绢在擦眼泪呢。我往舞台上一看，只见那演员还在那呀呀地不紧不慢唱着。我很疑惑，问道："奶奶怎么听哭了？这唱得什么，我怎么一句也听不懂？"

奶奶用手绢擦着红肿的双眼，把我往怀里搂了搂，说："孩子，等你长大了，就听得懂了。"

从此以后，我对奶奶充满着一种神秘感，觉得她能听得懂戏文，还能被戏文唱哭了，真的很了不起。

当我再次走进这片枫树林，我会情不自禁地发出一阵小锣的"咚咚呛"声，然后一个亮相，伸出兰花指，模仿着奶奶的声音，一字一句唱："看风过后，落红成阵。"

枫叶沙沙，似胡琴的吱呀声，还有弦子、月琴和笙箫……

一晃又一晃，枫树林的枫叶红了，又落了。小小的我，已渐渐地长大了。行走在深邃的枫树林间，耳畔似乎一直回荡着奶奶的唱腔："看风过后，落红成阵。"字字句句，如梦似幻，真真切切……

中学时，一次看剧本，看到了这句话，我才不觉一惊：人说道/大观园，四季如春/我眼中，却只是一座愁城/看风过后，落红成阵……

惊喜中，我想对奶奶说，这是京剧《黛玉葬花》里的一段唱词。奶奶说过，等我长大了，就懂了。那一刻，我多想伏在奶奶耳边，对奶奶说：奶奶，我懂了，您说得对，我长大了。

可是，奶奶再也听不到了，她早已作古。

我跪在奶奶的坟前，给奶奶唱出这段唱词。奶奶虽然已经作古，但是我想，奶奶在另一个世界里，一定能听到孙子为她念诵的这句唱词。

一阵风吹过，坟茔上几株荒草扭动着纤细的身姿，轻轻摇曳着。我仿佛看到，天堂里，奶奶听了这段唱词，掏出手绢，轻轻地擦拭着眼角……

大学里，认识了一个名叫雯的女孩子。在校园里那片静静的白桦树下，我对雯讲起过家乡那片枫树林，讲起地上那片厚厚的枫叶，还有奶奶在枫树林里给我唱起的那段"看风过后，落红成阵"唱词。

雯听了，目光中闪烁着一片憧憬的神色，情不自禁地也唱起"看风过后，落红成阵"。那唱腔，惟妙惟肖，字正腔圆。

恍惚间，我仿佛又看到了奶奶。在枫树林间，奶奶领着我，徜徉在厚厚的枫叶上。她忽然伸出兰花指，干瘪的嘴，唱起"看风过后，落红成阵"。

不知不觉，我眼睛里噙满了泪花。

雯见了，低声问："又想起了你奶奶？"

我点点头，说："你唱得很像我奶奶。"

雯掏出手绢，轻轻地擦拭着眼睛……

大学毕业后，雯问我："你家乡的那片枫树林还在吗？"

我说："在，每当到了秋天，那片枫树林里，地上铺满了红色的枫叶，那唱词——'看风过后，落红成阵'，还在枫林中回响。"

雯突然轻轻地拥抱着我，柔声地说道："我想和你一起回到你的家乡去，回到那片枫树林里。"

我拥着雯，顷刻间，眼睛一片蒙眬。

一阵风刮过，从天空中，飘下几枚白桦树叶，望着轻轻飘落的桦树叶，我和雯不约而同轻轻吟唱："人说道/大观园，四季如春/我眼中，却只是一座愁城/看风过后，落红成阵……"

像中像

史蒂文斯在纽卡里斯大街32号开了家画室。史蒂文斯擅长画人物头像，他的人物头像运笔线条流畅，黑白分明，能将一个人的头像画得十分逼真、传神。因史蒂文斯画艺精湛、笔墨传神，每天来找他画像的人有很多，生意十分兴隆。

一天，史蒂文斯的画室来了一位穿着时髦、浓妆艳抹的贵妇人，她请史蒂文斯为她画一张头像。史蒂文斯拿起画夹，让那妇人坐好，随后开始认真画了起来。一个多小时后，史蒂文斯站起身来，对那妇人说："画好了，请您看一下！"

那妇人将画拿在手里仔细看了起来，一会儿，妇人脸上露出满意的笑容，说道："您画得很好，谢谢您！"

妇人话刚说完，脸色陡变，她惊叫："你是怎么画的？怎么将我头上这条纱巾也画下来了？"

　　史蒂文斯赶紧将画拿了过来，妇人指着画作，说："我刚去做美容，头上还扎着一条纱巾，你却将这条纱巾也画下来了，真窝囊。"接着，妇人大声指责史蒂文斯丑化了她的形象，说这幅画是垃圾，一文不值，要他赔礼道歉，否则就到法院告他去。

　　为了息事宁人，史蒂文斯不跟这位贵妇人过多纠缠，赶紧赔了她一些钱，好说歹说，才将这个贵妇人送出门外。

　　忙碌了一天，夜晚，史蒂文斯疲倦地靠在画室的沙发上。他随手拿起白天画的那张贵妇人的画，不禁露出一丝苦笑，那贵妇人就因为自己将她头上做美容时的那条纱巾画了下来，立刻动了大怒，还要他赔礼道歉。想到这些，一丝悲凉不禁袭上心头。

　　看着看着，忽然，他发现这张头像里竟像中有像。那条纱巾看上去像雨果《巴黎圣母院》中那个贪婪神父的形象，显得格外猥琐、龌龊。

　　史蒂文斯看呆了。没想到，这幅被顾客斥责为垃圾、一文不值的头像，竟像中有像，这是他从来没有发现过的。他将这幅画紧紧地贴在胸前，激动得热泪盈眶，他仿佛看到了另一个绘画的世界。

　　史蒂文斯迫不及待地将妻子玛丽从床上喊起来，说要给她画一幅头像。玛丽睁开惺忪的睡眼，嗔怪道："你给我画了那么多的头像，怎么还要给我画？"

　　史蒂文斯激动地说："亲爱的，请你马上给我当模特，我一定会画出你的一个新头像。"

　　玛丽只好起床，还要去洗脸化妆。史蒂文斯拉起妻子的手，连声说："不用化妆，就这样原生态画。"

　　玛丽感到很疑惑，今天史蒂文斯是怎么啦？以前可不是这样的啊！

　　玛丽满腹狐疑地坐在那，史蒂文斯拿起画夹，认真地画了起来。一个多小时过去了，史蒂文斯看着画作，轻轻地舒缓了一口气，随即，他又仔细地欣赏了一会儿，然后对玛丽说："画好了，你过来看一下吧！"

　　玛丽走了过来，她拿起画作，只见自己的这幅头像画得很好，线条柔美，轮廓清晰。玛丽不禁赞叹："亲爱的，你的画技越来越有长进

了！"

史蒂文斯笑着说："你先别夸我，你再看仔细点。"

玛丽只好又拿起画仔细看了起来，忽然，玛丽惊讶地说道，我发现这头像里好像还有像，在我的耳朵处，有一个人的身影，好像在对我说着悄悄话。

史蒂文斯激动地说："亲爱的，你说得很对，这是我今天为一个顾客画头像时，偶然发现的一个现象。人的头像并不只有一种面孔，它会随着环境、时间、经历的不同，都可以在头像里看到。从某种意义上讲，头像就是一个人的心灵反映，从中可以看到一个人的内心世界。"

玛丽听史蒂文斯一番解说，不禁由衷赞赏，她说："没想到，在看似一张平常的头像里，竟还隐藏着一个像中像。这个像中像，给人一种浮想联翩的感觉。"

从此，史蒂文斯开始了一种全新的绘画尝试，他画出了人物的头像中的像中像，很受顾客的欢迎。人们在自己头像中仿佛看到了另一个自己，这给人带来了绵绵不绝的回味和思考。

史蒂文斯在纽卡里斯大街的一家超市的走廊上，将自己画的一个个人物头像悬挂起来。人们从那里经过，看到那一个个头像中的像中像，不禁驻足观看，细细品味，心中涌出无限感慨和惆怅。

许多人在留言本中写道，从一幅幅像中像中，似乎都能看到我们自己的一个影子，它让我们感到局促和不安，并决心克服和消除掉另一个影子，展现出一个真实的自己。

扭曲的五官

美国佛罗里达州男子威廉姆斯失业在家已有半年了，一直没有找到工

13

作。他感到心灰意冷，整天浑浑噩噩、无精打采的。

一天，威廉姆斯从外面回来，一句话也不说，又和衣躺下睡觉。他6岁的儿子小威廉姆斯看到爸爸这个样子，感到很无趣。一会儿，他看到爸爸睡熟了，就拿来透明胶带轻轻地贴在他的脸上。

威廉姆斯惊醒了，他感到脸上很难受，紧绷绷的，再一看，儿子在一旁却笑得很开心。威廉姆斯爬起来，用镜子一照，只见自己的脸被透明胶带粘贴后变得扭曲了，样子很可笑，可又笑不出来。他一边将透明胶带撕下来，一边想，儿子将自己的脸用这透明胶带贴上后，自己的脸变得很丑陋了，如果一个人有这样一张脸，真的很难看。

想到这，他对着镜子，将自己的五官用透明胶带重新贴起来。他惊讶地发现，随着自己在脸上不同角度、方位的粘贴，自己的五官呈现出不同的扭曲形象，有时非常狰狞恐怖，有时痛苦不堪，有时丑陋无比，有时阴阳怪气……

看到这些夸张的脸部表情，他觉得很有趣。就用相机把自己不同的脸谱照下来，然后，他将这些照片发到网上。没想到，这些照片一发布，立刻吸引了网友们的注意力，网友的点击率直线上升，人们还纷纷留言，说出看到这些脸谱后的感想：

有的说"我在家和妻子发火时，我的鼻子一定是歪的，眼睛像铜锣，嘴巴翘起来"；有的说"我在和别人吵架时，眼睛肯定朝上翻，鼻孔像抽水马桶，嘴是裂开的"；有的说"我在生气时，一定是眼睛斜视，鼻孔朝上，嘴唇歪曲……"

网友们一个个说出生活中的另一个自己，而另一个自己被说出来后，却让人不忍目睹。网友们感谢威廉姆斯将自己丑化的脸谱发到网上，使他们看到了生活中的另一个自己。告别另一个自己，回归到一个真实的自己，这才是自己的原生态。

威廉姆斯从网友们的一个个留言中，看到了一种自信和力量。以前对摄影几乎一窍不通的人，从此成为一名另类摄影爱好者。他专门拍摄将透明胶带贴在脸上，使自己的五官变得扭曲、丑陋的照片。他开设了一家自己的网站，专门将自己拍摄的脸谱照片发到网站上。没想到，不经意间，他一下子火啦，许多报刊、时装演出公司，纷纷高薪聘请威廉姆斯去当平面模特。

不知不觉，威廉姆斯找到了一条重新就业的渠道，他变得忙碌、开朗起来。回到家，他和儿子小威廉姆斯玩得可开心啦！一扫以往那种忧郁、沉闷的气氛。他常说，儿子，是你帮助我找到了一条就业门路，真的要好好感谢你！

小威廉姆斯听了，开心地笑了，笑容很明媚、很灿烂。

《纽约时报》在刊登威廉姆斯拍摄的各种脸谱照片时，写了这样一句话：生活中，我们每一个人都常常会露出另外一个自己。而另一个自己，却是那么恐怖、狰狞和贪婪。扭曲的五官是可怕的，更可怕的是心灵也会渐渐变得扭曲。告别那扭曲的五官，才会使自己的心灵变得更加清澈、亮丽。

百变"自由女神像"

美国自由女神像位于纽约市曼哈顿以西的自由岛上。1884年，法国政府将这一标志性的纪念像，作为庆祝美国独立100周年的礼物送给美国。自由女神像高约93米，100多年来，自由女神像那手持火炬高高矗立的形象，深深地刻在世界人们的脑海里。

美国摄影师杰克·费恩，从二十几岁开始，一直在拍摄自由女神像的照片。这一拍，竟拍了30多年，拍摄的自由女神像达几亿张。

费恩在整理这些照片时，惊讶地发现了一种奇怪的现象：当他从空中拍摄自由女神像时，自由女神像有时就像个小蘑菇；如果潜入海底向上拍摄，自由女神像有时就像个镶嵌在花瓶中的一束花；如果在雨雾中拍摄，自由女神像有时就像一张哭泣的脸；如果在日出时拍摄，自由女神像有时就像个水晶球……可以说，每个季节、每个月，甚至每天不同的时间段去拍摄，自由女神像都会呈现出不一样的状态。

这一偶然发现，让费恩颇感意外。原来，从不同角度和视角去看自由女神像，自由女神像就会呈现出不同变化，这种发现，彻底颠覆了自由女神像那种手持火炬高高矗立的固定模式。自由女神像仿佛是被注入了一种生命，变幻莫测，奇妙无穷。

在纽约国家美术馆举办的"看见自由女神像"摄影展览上，人们惊讶地看到费恩镜头下的自由女神像那百变金刚一样的奇妙无穷、异彩纷呈，不禁发出啧啧赞叹声。参观者说，生活中，我们看事物，常常只是从一个角度、一个侧面看，以为那就是真实。其实，任何事物，立场与角度一变，事物的本来样子全变了！

《纽约时报》在报道中指出：费恩镜头下的自由女神像，波谲云诡，仪态万千。他让我们看见了一个全新的自由女神像，也让我们打开了一扇看见外面世界的窗口，开阔了我们的视野。事物是变化的，人的视角也是变化的。变，永远是我们这个社会不断发展和进步的动力和源泉。

云上的诱惑

草坡上，绿茸茸的一片，像披上了一层绿色的地毯，晶莹的露珠在草尖上打着滚儿，尽情地舒展着筋骨。一头老牛低着头，专心致志地嚼着嫩绿的青草，发出吭哧、吭哧的声响。

不远处，一个少年躺在草坡上，嘴里咬着一根青草，仰望着蓝蓝的天空，想着满满的心事。

湛蓝的天空上，飘浮着悠悠的白云。白云似厚厚的绸缎，缓缓地移动着。少年两眼紧紧地盯着那一朵朵移动的白云，心想："这白云上面有什么呢？"

太阳快落山了，少年还躺在那仰望着天空，老牛嚼着青草已走出很远，早已离开了少年的视线。

见儿子这么晚了还没有回家，母亲着急地寻了过来。少年听到母亲在喊自己，赶紧应了声。母亲四下张望着，终于看见躺在草坡上的少年，然后吃惊地问："牛呢？"

少年这才发现，牛早已不在自己身边了。他赶紧顺着草坡跑过一道坎，然后回头，对母亲高兴地喊："妈，牛在这儿呢！"

母亲轻轻地嘀咕道："这孩子，叫他放回牛，差点让牛跑掉了也不知道！"

不一会儿，少年牵着肚皮吃得滚圆的牛，走了过来。母亲打开手里的一个布包，从里面拿出一块饼递了过来，说道："牛早吃饱了，你还没吃吧！"

少年轻轻嗯了一声，然后拿起饼，边吃边仰起脸，问道："妈，这云上有什么东西？"

母亲抬起头，望了望已暗淡的天空，说道："这云上有人家呢，像我们这里一样！"

"啊，这云上还有和我们一样的人家？"少年脸上满是惊愕与疑惑。"这云上有和我们一样的人家，那他们怎么不掉下来呢？"少年望着灰蒙蒙的天空，心里溢满了不解和惆怅。

上学了。走在弯弯曲曲的小道上，少年常常抬起头，仰望着蓝蓝的天空，看着那朵朵飘浮的白云，想象着那里的人家。

长大了，他第一次坐飞机，心里很激动，更重要的是，他就要穿梭在白云上，看到云上的人家了。那是一个从少年时期，就埋藏在心底的愿望。

飞机在蓝天上飞翔，年轻人将眼睛瞪得大大的，透过舷窗，他在努力地找寻云上面的人家。他往下看去，只见飞机下有大片大片的云朵，似洁白的绸缎；他又往上望去，只见上面还是大片大片的云朵，一望无际。看了很长时间，可是一个人家也没看到，甚至一只小鸟也没见着。

有空姐过来了，年轻人悄悄地询问道，小姐，您看到过云上面的人家吗？

空姐听了，嫣然一笑道："您怎么也有这个想法？我小时候也以为云上面有人家，我妈也是这么说，这个问题一直缠绕了我许多年。直到我当了一名空姐才知道，云上面根本没有人家，那是地球人对广袤深邃的天空产生的无限遐想罢了。"

年轻人听了，眼圈一下红了，说道："谢谢，您让我终于走出了云上的诱惑，这个诱惑也一直缠绕了我许多年，今天我终于弄明白了，这云上根本没有人家！"

年轻人回到家乡，告诉母亲："我小时候，您对我说白云上面有人家，现在我终于知道了，这白云上根本没有人家！"

母亲听了，惊讶地问："我说过这句话吗？我怎么不记得了，这云上怎么会有人家呢？"

年轻人惊讶地望着母亲，眼睛里满是疑惑，心想："母亲明明说过这句话，她怎么不记得了呢？"

拾穗的脚步

迈着匆匆的脚步回到乡下，已是晌午时分。午后的阳光，火辣辣的，没有一丝阴凉。正是稻子收割的季节，空气中，散发着刚收割下来稻谷的清香味，袅袅娜娜，沁人心脾。

路过一块田地，我忽然看见母亲却还在收割好的稻田里拾稻穗。那

一刻，我忽然僵住了，站在田埂上，直愣愣地看着稻田里正在拾稻穗的母亲。母亲的身上洒满了金色的阳光，泛着金色的光芒，斑斑驳驳的，很晃人眼。母亲70多岁了，可是她却在家待不住，她牵挂的是收割好的稻田里那些散落的稻穗。那些黄澄澄的谷粒，在她心里，就像金子般地散发着炫目的光泽，熠熠生辉。

只见母亲一手挎着一只篮子，目光在地下四周仔细寻找着。母亲岁数大了，眼睛早已模糊了，可是，我不明白，为什么母亲到了田里，看到那些散落在田地里的稻穗，却一目了然，看得分外清楚。而我却看不见那些散落在稻田里的稻穗，看到的只是一簇簇稻茬。

我想起自己小时候，每当到了稻子收割的季节，母亲就会叫我到收割好的稻田里拾稻穗。我兴奋地撒着欢，在稻谷飘香的稻田里四处奔跑。说是到田里拾稻穗，可是，疯了一天，却没捡回几根稻穗，多的是身上被刮破了的道道血痕和泥泞。

母亲拎着满满一篮子拾来的稻穗，看到这一幕，脸上总是露出一丝嗔怪和爱怜，说道："你看看，稻穗没拾几根，身上倒刮破了这么多血痕，快让我帮你擦擦药水。"

我睁着一双懵懂的眼睛，对母亲说道："我怎么看不见稻田里有掉落的稻穗，您是怎么看见的？"

母亲含嗔道："你拾穗的脚步太慌乱了，只知道在稻田里疯跑，哪能拾到掉落的稻穗？"

母亲的话，让我好生困惑：我拾穗的脚步太慌乱了？

此时，看着母亲顶着这么烈的太阳出来拾稻穗，我心里不禁有些埋怨。稻田里散落的这几根稻穗拾它干什么？现在生活比过去好多了，家里米缸里，又不缺这几粒谷子，待在家里休息多好。

母亲不经意地抬起头，发现我站在田埂上，脸上露出欣喜的神色，她大声地招呼道："孩子，你什么时候回来的啊？"

我答道："刚回来，正在看您拾稻穗呢！"

母亲笑道："那你下来，和我一块拾稻穗！"

听了母亲的话，我不由得抬头看了看天空，心里直犯嘀咕，在这么烈的太阳下拾稻穗，真是活受罪。可是，看着母亲那殷殷期待的目光，我迟疑了一会儿，才悻悻然走下田地里。

母亲笑着说道："孩子，我们再将剩下的一半稻田走完，就回家。"

母亲边说边弯下腰，拾起一根散落在稻田里的稻穗。我眼睛毫无目标地看着，似乎看不到一根稻穗。

母亲看着我眉头紧锁、心浮气躁的样子，说道："孩子，不要急，拾穗的脚步不能慌乱，要将心沉淀下来，才能发现散落在田地里的那些稻穗，步伐总是急急躁躁，恨不得一下走到头，这哪能看到那些稻穗？"

拾穗的脚步？母亲又一次说起这句话，让我心里微微一颤，恍如昨日。我不禁注意到母亲的脚步：只见母亲的脚步，始终不急不躁，踏实而稳健。尽管艳阳高照，太阳照在身上，让人口干舌燥，可母亲依然不受干扰，她的心全部沉浸在这拾穗中。如果用"心无旁骛"这个词来形容，那是再恰当不过了。

我跟在母亲的身后，学着母亲拾穗的脚步。走着、走着，我忽然感到，太阳，已不再那么火辣；口舌，也不再那么干燥；心情，也不再那么郁闷，似乎还有一丝清凉滋入心田，眼前变得明媚、清澈起来。

生活中，我的脚步早已变得匆忙、慌乱起来。一直在向前奔跑，须臾不敢停留，以为美景总是在前方。当再次体会到母亲拾穗的脚步，我忽然有了一种豁然开朗的美好。

我缺少的不是勇往直前的勇气，缺少的是这种拾穗的脚步。从容、淡定、心态平和，才是我人生最宝贵的财富。

放在锅里炖汤的翅膀

小时候，我一度爱上了书法。每天写完作业，都要临摹几张字帖。邻居和我一般大的男孩小虎，看到我天天练书法，也喜欢上练书法，每天也静静地练上几个小时。我们成了好朋友。

母亲看到我喜欢书法，就买来字帖、毛笔、纸张、砚台……她还让我拜一位在书法上造诣很深的老先生为师。老先生看到我练书法的积极性很高，而且还有点悟性，就鼓励我说，好好练，长期坚持下去，将来在书法上一定会有所造诣的。我听了，心里美滋滋的，练书法的积极性就更高了。小学三年级，我还曾获得学校书法比赛一等奖。

班上许多同学喜欢练琴，他们常常背着吉他、小提琴、手风琴、电子琴去培训班学习，很洋气。特别在班级或者是学校举办的文艺晚会上，那些会乐器的同学，就会成为晚会的主角，他们在台上吹拉弹唱，引起台下观众阵阵热烈的掌声，很是风光。

我在台下望着台上的那些同学，心里充满了羡慕，心想，如果我也能弹琴，也能像台上的那些同学一样，那多气派啊！

回到家，我对母亲说："练书法一点意思也没有，枯燥、无味，那些会乐器的同学都气派，我也要学拉小提琴。"

母亲惊讶地问道："练书法是你喜欢的事，而且坚持这么久了，难道就是因为看到有同学在台上吹拉弹唱，自己也要去学乐器？"

我头一昂，坚定地说道："反正我不想练书法了，我就想练小提琴。"

最后，在我软磨硬泡下，母亲只好给我买来一把小提琴。为了让我练好小提琴，母亲为我报名上了少儿小提琴培训班，还给我请来了一个老师，专门教我拉小提琴。

同学小丽看到我喜欢上了拉小提琴，将她心爱的《拉小提琴入门读本》送给我。我感到好温暖，好幸福。我想，用不了多久，我就能练得和他们一样熟练，我也能在台上表演了。

小虎看到我不练书法了，感到一丝失落和遗憾，渐渐地离我远去。

练小提琴后，我才发现，拉小提琴并不是我所想象的那么容易，一个音节都要重复着拉好多天。拉出来的声音，很刺耳，一点也不优美。我对老师说，赶快教我拉歌吧，我要上台表演。

老师听了，哑然失笑道："哪能这么容易？那些能上台表演的同学，练了不知多长时间、流了多少汗。像你这种对音乐缺乏悟性的人，需要练更长的时间，甚至可能永远上不了舞台表演！"

我听了，满腔的热情一下子降到了冰点，原来拉小提琴这么难啊！

渐渐地，我不再喜欢拉小提琴。小提琴挂在墙上，蒙上了厚厚的一层灰。

小丽看到我不练小提琴了，就将那本《拉小提琴入门读本》又要了回去，我们的联系又渐渐少了。

母亲看到我又放弃了拉小提琴，脸上满是失落的神情。她边擦拭着小提琴的灰尘，边说道："你的翅膀放在锅里炖汤了。"

我疑惑地问道，什么"翅膀放在锅里炖汤了"？

母亲说道，翅膀是用来飞翔的，如果不用来飞翔，那就是放在锅里炖汤了。

我不理解母亲说的话是什么意思，感到一丝困惑。

窗外响起一阵鸽哨，我朝窗外看去，广场上，一群鸽子正扇动着翅膀，忽上忽下飞翔着。那飞翔的姿态真好看。

就这样，学生时代，我先后学了不少特长和技能。可是，都是刚开始兴趣很浓，过了一段时间，就放弃了。

大学毕业后，我兴致勃勃地对母亲说："我准备参加公务员考试，先考个'金饭碗'，我们许多同学都准备考公务员。"

母亲听了，皱起眉头，说："我不是早就听你说，等你大学毕业后，就开始从事你喜欢的自主创业吗？怎么想去参加公务员考试？"

我说："妈，您不知道，现在公务员很吃香，自谋职业风险大，再加上我没有后台，要想干出一番成绩出来，真是太难了。"

母亲语重心长地说："孩子，你还记得你小时候的那些爱好吗？当年，你的好朋友小虎，几乎和你同时爱上书法。后来，你放弃了，可他从没有放弃过，现在已是一位书法老师了。还有你的同学小丽，她看到你喜欢拉小提琴，还送给你一本书呢。后来，你放弃了，可她从没有放弃过，现在已是一位小学音乐老师了……孩子，翅膀是用来飞翔的，不是用来放在锅里炖汤的。你在大学里一直靠勤工俭学，从没有向我们伸过手。我们感到很欣慰、很自豪。你也曾表示，你喜欢自主创业，觉得这条路将来很适合你。现在，就因为你看到许多人报考公务员，你就不顾自身的兴趣和爱好，也要去赶这趟拥挤的列车，我觉得这很不理智。你的翅膀能飞多高，应该自己很清楚。"

母亲的话，我在心里一遍遍地回味着，久久不能平静……

考试那天，我从考场门前经过。我没有走进考场，而是到了工商局，领取了个体营业执照。我的家庭装潢公司就要开业了。

母亲对我说的话，常常在我耳边响起："孩子，无论你的翅膀能飞多高，飞起来，就是一种翱翔。否则，放在锅里炖汤的翅膀，永远也不会飞起来。"

月亮偷着哭

王嫂在马路边摆了个水果摊，她一个人带着个6岁的女儿月月。小摊边，月月常常坐在那儿，安静地看小人书。

王嫂的丈夫原来是个货车司机，女儿刚出生，他就在一次车祸中不幸丧生。王嫂抱着襁褓中的女儿，哭干了眼泪，也没能挽回丈夫的生命。

失去了丈夫，也失去了生活唯一来源。女儿刚断奶，她就将女儿背在身后，在马路边摆了个水果摊。水果卖的是个新鲜，一陈就不好卖了。开始时，由于不懂这个诀窍，王嫂一下子进了很多，结果卖不掉，烂掉许多。

晚上，王嫂搂着那一筐筐水果，偷偷地哭泣，她的哭声很低。她怕自己的哭声惊动了女儿。女儿睡得很甜，长长的睫毛，小嘴似乎还在轻轻梦呓着。在梦中，她也许帮妈妈把那些苹果全卖光了呢。

月月很懂事，似乎比同龄的孩子更听话，她和妈妈守着那个水果摊。那清香扑鼻、色泽艳丽的水果，散发出诱人的光晕。她多想吃一个苹果啊！可是她知道，那些水果不能随便吃，那些水果卖了，是她和妈妈买米、买油，还有给自己买书的钱啊！有时她看到有妈妈给自己孩子买水果，那些孩子有许多和自己一般大。那妈妈买了许多大苹果、大香蕉。小孩一下子就吃了一个大香蕉。对了，那大香蕉可真好吃啊！有一次，妈妈将一根烂掉的香蕉剥了皮，只剩下一小截好的给自己吃。她一小口一小口慢慢地吃着，那柔软的香蕉，一直甜到心里呢！

月月知道妈妈很辛苦，自从妈妈知道爸爸不在了，就常常在黑夜里哭泣。许多次，她梦到爸爸了，爸爸好高大，爸爸让自己骑在他的肩膀上，她一下子变得好高，快碰到天了。她手里拿着小气球，骑在爸爸的肩膀上，咯咯地笑着。一下子笑醒了，她才知道刚刚是做了个梦。她一摸脸，发现满脸的泪水。她赶紧将泪水擦干净，她生怕妈妈看见了，妈妈会更加难过的。

日子一天一天地过去了，王嫂的水果摊也摆了6年了，月月也快上学了。王嫂看到月月一天一天地长大了，心里溢满了甜蜜。她想，等月月再长大些，就送月月上学去。月月虽然才6岁，许是每天跟自己出摊，耳濡目染下，每当顾客询问价格，不等妈妈回答，月月已经用稚嫩的童音准确地报出了价格；妈妈称好水果，月月很快地报出了价格。月月的聪明、伶俐，让顾客万分惊喜，夸她是个小机灵鬼。

最近一段时间，王嫂感到浑身无力，吃不下饭，小腿也肿了。她咬着牙，默默忍受着。这天一起床，王嫂头一阵眩晕，她发现腿肿得更厉害了。她再也无力带着月月出摊了。她让月月在家看看书，自己到医院看一下。

月月轻轻揉着妈妈的腿，眼睛里闪烁着泪花，说："妈妈，您看完病，可要早点回来啊！"

王嫂亲了亲女儿的小脸蛋，拖着肿胀的腿，艰难地走出屋子。

王嫂很晚才从医院回来。月月在桌子上画了好多画，每张画上都是妈妈的腿已好了，她卖掉了许多苹果，她就有钱上学了。

看到妈妈回来了，月月欢快地抱着妈妈，说："妈妈，腿没事吧？"

妈妈看着女儿稚嫩的面孔，脸上闪现出一丝不安，好像在极力地掩饰着什么，说："妈妈没事，妈妈吃点药就好了。"

月月高兴地拍起小手，欢快地叫道："妈妈没事了，妈妈又能出摊了。"

妈妈忽然严厉地训斥道："月月，从今天起，你必须要自己出摊，妈妈把你养这么大了，你该自己养活自己了。"

月月听了，眼睛里露出一片茫然的神色，妈妈态度的突然变化，让她感到很吃惊，这种情况过去可从来没有过的啊。

月月眼泪汪汪地将水果一点一点搬到门口，然后高声叫喊道："叔叔、阿姨快来买苹果啊，又大又甜的苹果啊！"

一会儿，就有人来到她的摊前，爱怜地说："小姑娘，你真懂事，这么点大都会做生意了，真了不起。"有的大人带着小孩，对自己小孩说："你看人家多聪明，才这么点大，都像个大人似的，你都这么大了，还整天缠着爸爸、妈妈要吃要喝的。"

听到顾客们的夸赞，月月情不自禁地挺直了腰板儿，她想：妈妈不管我，我照样能卖水果，还比平时卖得更多呢！

天黑了，月月收摊回家了。回到家，她发现妈妈靠在床上，床头前，有几个药瓶子。妈妈看到月月回来了，面无表情地说道："自己弄点吃的去。"

月月心想，妈妈今天是怎么啦？怎么对我这么凶，平时可从来不是这样的啊？

月月在厨房里笨手笨脚地做起晚饭。她下了一锅面条，她的小手被锅沿烫了好几下，发出哎哟的叫声。她向妈妈投去求助的目光，她发现妈妈欠了下身子，好像想下来帮她一下，可终究没有过来帮她。

月月发现妈妈变了，变得冷酷无情，仿佛变了个人似的。月月在黑夜里偷偷地哭泣，她开始从心里有点恨妈妈了。

妈妈依然对月月冷酷无情，什么事都让她自己做，让她自己做饭、洗衣、出摊，还让她自己买米、买菜……

月月小小的年纪就已感到生活的重担和压力，在妈妈的严厉管教下，月月变得越来越聪明能干了。很多事，她一个人都能干，她就像个小大人似的，从不要妈妈帮忙。

上学了，无论刮风下雨，她天天一个人走。由于学习好、乐于助人，她还当选上班长呢。

妈妈终于病倒了，她再也起不来了。妈妈去世后，医生给月月一封信，医生说："这是你妈妈留下的，她特意叮嘱我们，等她去世了，再让我们将这封信给你。"

月月含泪打开这封信，只见信上写道：

月月，请原谅妈妈对你的冷酷无情。一年前，我去医院检查。医生告诉我，我得了骨癌，而且已是晚期，留给我的时间不多了。那一刻，我首先想到的是你。你才6岁，如果没有了妈妈，你还怎么活？我想，我必须要尽快地使你能独立生活起来，这样等到妈妈不在的那一天，你也能从容地生活下去。就这样，我对你冷酷无情起来。我什么事都让你自己学着做，你的小手被烫伤了、腿跌破了、头撞出了个包……这些我都看在眼里，疼在心里。我常常偷偷地哭。但我必须尽快使你独立起来，因为我别无选择。孩子，我终于放心啦，现在你已经完全能料理自己的生活了，离开了妈妈，你也能生活下去，并且生活得更加坚强和勇敢。孩子，我不再偷偷地哭了，我现在可以笑了，我是笑着离开人世的。我的孩子，妈妈走了，你不要哭，你要笑。笑，才是一个勇敢的孩子、一个坚强的孩子。我相信，你会生活得更好。妈妈在天堂里，在默默地注视着你。如果你想妈妈了，到了夜晚，你仰望天上的那轮明月，妈妈就在月亮里，我们会相望的……

月月看着信，脸上早就满脸泪痕了。这时她才明白为什么妈妈突然对她冷酷无情起来，原来妈妈身患重病，她为了让自己能早日独立生活，才对自己"不管不问"的，其实这是她对自己最大的爱啊！

夜深了，月月走出屋子，她对着天幕上那轮明月，哽咽地说道："妈妈，我现在一个人生活得很好。我有邻居大伯大妈照顾，还有社区的叔叔、阿姨照顾，在学校里，还有老师和同学们的关爱……"

她仿佛看到，月亮在偷偷地哭泣，不，月亮终于露出了笑脸，好像是妈妈那张笑脸……

有只虫掏空了芯

　　母亲将放在碗橱里的几副筷子拿出来，准备换新筷子。这几副筷子是母亲去年到皖南山区旅游时买的，买回来后，母亲一直舍不得用，母亲说，这筷子质地很好，是用当地山里竹子做的，市场上很难买到的。今天母亲之所以要换新筷子，是因为舅舅要来家里做客。

　　母亲说："舅舅好几年没来我们家里了，舅舅家离这儿远，来一次不容易，换新筷子，是种喜庆。"

　　记得以往只是在过年时，母亲要买几副新筷子换上，今天才晓得，原来在母亲心里，有远道而来的客人上门，母亲也喜欢换新筷子。

　　母亲将新筷子拿出来准备洗一洗，忽然，母亲发现从这些筷子下面掉下一丝粉末。母亲遗憾地说道，有根筷子被只虫掏空了芯，不能用了。

　　我问："您怎么知道有根筷子被只虫掏空了芯？"

　　母亲说："你看，这是虫将筷子掏空了芯掉下的粉末。"说罢，母亲将这些筷子平摊在桌子上，一根根筷子仔细检查着。一会儿，母亲将一根筷子拿起来，对我说："你看，这根筷子上有个针孔大的小眼，那只小虫就是从这儿钻进去的，它在里面慢慢地将这根筷子掏空了芯。"

　　母亲将这根筷子轻轻一掰，这根筷子就折断了，果然，在这根筷子里，被掏空成一条长长的沟槽，有一条乳白色的小虫在沟槽里蠕动着。

　　我惊讶地说："这只小虫真厉害啊，这么弱小、柔软的身体，竟能将这坚硬的筷子掏空了芯！"

　　母亲说："这只虫看起来很弱小，但是它却有一双肉眼看不见的坚硬的牙齿，它不仅能将一根筷子掏空了芯，时间长了，还能将这些筷子一根根地全掏空了芯，甚至能将农家房舍上的大梁掏空了芯，最后，使房顶坍塌下来。"

我听了，不禁伸了伸舌头，惊讶这种小虫体内竟蕴藏着这么巨大的力量。

母亲又有些庆幸地说："这些筷子虽然少了一根，不过，幸亏发现得早，否则这几副筷子会被这只小虫全部掏空了芯。"

好长时间过去了，不经意间，那只乳白色蠕动着柔软身体的小虫还常常在我脑海里闪现，心里不禁多了一分感慨和唏嘘。

一天，母亲对我说，她要去医院看看黄嫂，听说黄嫂生病住院了，要我陪她一起去。

我疑惑地问道："哪个黄嫂？"

母亲说："就是我们以前的老邻居黄嫂啊，这一分别就有20多年了，听说她生病住院了，我急得恨不得马上见到她。"说起黄嫂，好像一下子打开了母亲记忆的闸门，目光中闪现出无限柔情。

说起黄嫂，我一下子也想起来了，不过，我的脸色突然阴沉了下来，鼻孔里重重地"哼"一声，说："我才不去呢，那个黄嫂太坏了，我小时候，一次和几个小朋友到她家院子里偷摘树上的枣子，被她逮住了，她凶神恶煞般地叫嚷，要告诉我家大人，说树上的枣子还没有成熟就偷吃，会拉肚子的。我从来没有发现黄嫂这么凶，不就偷吃你家树上几只酸枣嘛，这么凶巴巴的干什么？当时，我发誓，永远不会再理她了，为这事，我气了20多年，现在她生病住院了，我才不会看她呢！"

我愤愤地把话刚说完，只听到"咣当"一声，母亲手中的茶杯掉在了地上，她直直地看着我，好像不认识我似的，过了好久，母亲才弯下腰，边捡起地上打碎的茶杯，边喃喃地说："真没想到，你被一只小虫掏空了心（芯），现在只剩下一个躯壳了。"

我不解地问道，什么时候我被一只小虫掏空了心（芯）？

母亲直起身子，手里捧着打碎的茶杯，说："那件很小的事，你竟记恨了黄嫂20多年，这种无厘头的记恨，不是像被一只小虫掏空了心（芯）

吗？再说了，人家黄嫂也是为了你好，那枣子还没长熟你就偷吃，不仅涩牙，而且还会拉肚子，黄嫂说得一点没有错。那时，每年等她家枣子长熟了，黄嫂都会拎一小篮子枣子到咱家送给你吃，这你怎么不记得了？"

听母亲这么一说，我还真想起来了，那时，每年等她家枣子长熟了，黄嫂都会拎一小篮子枣送到我家来，那篮子里的枣子，个个圆润饱满，红艳艳的。吃上一口，香甜脆嫩，丝滑绵绵。

母亲有点愤愤地说道："你现在想不想让我将你心里的那只小虫子掏出来？否则，再不掏出来，你可就被那只小虫给毁了。"

我嗫嚅道："我想让您将那只小虫掏出来！"

母亲说："那好，你马上和我一起去到医院看望黄嫂，对黄嫂多说一些安慰的话，那只小虫就会被掏出来了。"

那一刻，我全明白了，禁不住闪烁着激动的泪花，说道："谢谢妈妈！"

我懂了，只有放下心中那一个个无厘头的记恨，人才会活得干净、活得洒脱。有时我们之所以感到活得很累、很躁，只是因为心中隐藏着一只小虫，它在不断地噬咬我们，渐渐地，使我们变成了一只躯壳，稍有风吹草动，就会轰然倒下。

母亲欣慰地笑了，笑得很明媚、很灿烂。

画消失在画中

妻子是一所培智学校的老师。这所学校的学生大多是智力发育有所缺陷的儿童，在这所学校当老师比一般学校当老师要辛苦得多。

为了让这些儿童能像那些正常的儿童一样得到健康成长，妻子每天都把大量的时间和精力扑在教育这些孩子的身上。她循循善诱，一点一滴地启发着那些孩子。虽然有些很简单的一句话、一个手势、一声唱腔，都要反反复复教上许多遍，可妻子脸上总是溢满着温暖的笑容。当孩子们学会了，妻子还会走上前去，轻轻地拥抱着每一个孩子，并给他们一个甜蜜的吻。

回到家，妻子常常绘声绘色地向我描绘学校里发生的那些故事。看得出，妻子非常喜欢那些孩子，孩子们也非常喜欢她。我常常被妻子讲的故事所感染，于是，也常常来到妻子学校，看看那些可爱的孩子们。

在教室后面，我常常静静地听妻子给孩子们上课。随着妻子耐心细致的讲解，我也沉浸在那些孩子说话、唱歌、讲故事的情景中……那种感觉真的很幸福、很快乐，我仿佛也回到了自己孩提时代，在课堂上，听老师声情并茂的讲解。那时的时光，真的很曼妙、很旖旎。

某日，我又来到妻子的学校，发现妻子正在课堂上教孩子们学画画。这种画画很有趣：只见妻子两手轻轻握着彩色的细沙，在一个底部是透明的玻璃板上，将手中的沙子撒在上面，然后用食指在沙上快速摩挲着，玻璃板上立刻就显现出各种画来，而且，那些画在瞬间变幻出种种图案，惟妙惟肖。

看得出，孩子们对这种形式的作画方式也很感兴趣，他们每个人都手握柔软的细沙在自己的玻璃板上尽情地画着。那玻璃板上的亮光与彩色的沙子形成了一种独特的影像，产生了一种奇妙的视觉效果。孩子脸上的表情，有的神情专注，有的喜气洋洋，有的嘴里还不停地轻轻唠叨着什么……

晚上，妻子下班回到家，我让妻子也教我她在课堂上教孩子们画的那种画。妻子听了，莞尔一笑，说："那好，但是你必须要答应我一件事，你将我教的那些可爱的孩子用一种温暖的语言说出来，我凭着你说的话，

用沙画表现出来。"

听妻子这么一说，我顿时感到很有意思，心想："我说的你怎么能画出来呢？"

没想到，随着我缓慢地诉说，妻子两只手抓起彩沙在画板上飞快地描绘着。只见沙画的图案在飞快地变幻着，一会儿是儿童们在阳光下欢快地跳起舞蹈；一会儿是几个儿童坐在弯弯的月亮上荡秋千；一会儿是儿童们在给小树苗浇水，天空上，太阳露出幸福的微笑……

终于，我的描述结束了，妻子的沙画也定格在最后一幅图案上：儿童们依偎在老师身边，老师用手轻轻抚摸着孩子的头，脸上露出甜甜的微笑。

妻子柔声地说："沙画这种绘画形式是将静态艺术变成动态艺术的表演，更富有生命力。随着图画的不停变化，画消失在画中，人的心灵也随之产生巨大的喜悦和激动，更能激发人的大脑的发育，通过在课堂上向孩子们演练，孩子们比以往更加开朗、活泼了。"

我对妻子说："你说得真好，画消失在画中，在这变幻莫测的图画中，我们的心灵也得到了美的愉悦和享受。"说罢，我伏下身子，抓起两把沙子，对妻子说："你也教教我吧，我也喜欢上了这种沙画艺术，就像你的那些学生，享受着这种幸福和快乐。"

妻子莞尔一笑，她抓起两把沙子，说："好的，你可要认真学哦，画消失在画中，不消失的是人间的爱和暖，这种爱和暖像看不见的红丝线，将我们紧紧地联系在一起。"

沙画在不断地变化着，我深深地沉浸在这变幻的世界中……

抢救记忆

央视著名主持人崔永元拍摄的《我的抗战》，用口述的方式，展现了那段战火纷飞的峥嵘岁月。那些抗战经历者，有将军、英雄，也有许多士兵、俘虏、壮丁……他们用亲身经历讲述那段历史、那段人生、那段生存或者死亡的悲歌。那些讲述，震撼人心，直抵人的内心柔软。

崔永元说："口述历史，就是由亲历者口述那段历史，再过几年、几十年可能就没有人记录下来了。如果没有人记录下来，那么这些故事就会随着这些人一起消失。记忆需要抢救，抢救记忆，就是不忘历史，就是为了更好地向前走。而我们现代人常常患了失忆症，对曾经的伤痛、曾经的悲惨、曾经的国耻，都已淡忘、模糊了。"

我第一次知道，记忆是需要抢救的，抢救记忆，也是为了拯救灵魂，重塑精神。失去了记忆，是一件非常可怕的事。

抗日战争时期，河北省清苑县冉庄是一个出了名的地方。当地老百姓创造的"地道战"战术，声东击西，神出鬼没，打得日本鬼子和汉奸丢盔弃甲、狼狈不堪，彰显了我华北军民打击日本鬼子的民族气节。这里就是电影《地道战》中"高家庄"的原型。

新中国成立后，"地道战遗址"成为了全国重点文物保护单位。这里，成为爱国主义教育基地、全国青少年教育基地、国防教育中心、德育教育基地。

前些日子，正在上大学的女儿和她男朋友到那里去旅游了一趟。回来后，他们给我看在那里拍摄的照片。我惊讶地看到这样一些照片，女儿打扮成当年村妇，她的男朋友穿上当年鬼子、汉奸的服装，摆上各种造型，嘻嘻哈哈地和女儿在那拍照，甚至做出一些猥琐、强暴的动作。他们自己也当了一回鬼子、汉奸和受欺侮的中国村妇，还感到格外幸福。而那些在

旅游景点的商家，也将出租当年这些鬼子、汉奸、村妇的服装，当作一项重要的旅游经济收入来源。

那段腥风血雨、可歌可泣的岁月，在当今一些人的眼里是金钱和财富。鬼子、汉奸、村妇，也能开发出商业价值来。

我扭头看着女儿和她的男朋友，只见那男孩子嘴唇上留着一小撮修饰过的胡须，一只手还不停地在女儿的头上摸着，一副玩世不恭的样子。

我看了，一阵恶心，用手指着他，大喝一声："浑蛋，你这个鬼子、汉奸！给我滚出去。"

看到我突然发这么大的火，女儿和她的男朋友一下子都愣在那里，不知所措。女儿含嗔地拽拽我的衣袖，说道："老爸，您说什么呢？怎么突然冒出个鬼子、汉奸来了？"

我用手指着那男孩，还有女儿，说道："你们全是！你们全部失去了记忆，当务之急，是要抢救你们的记忆。失去记忆的人，是非常可怕的人。"

谁为我关注

博客里，有一个项目是"加关注"。关注加得越多，博主看了，心里就会有一种明媚和妖娆的感觉。一个人只可为另一个人加一次关注，不可重复，而且自己也不能给自己加关注。所以说，博客里人气指数是真实可靠的，是做不了假的。

自己能得到别人的关注，会觉得是一种幸福。没人关注自己，就会觉得是一种冷清、孤单和寂寞。这是人的一种心理。关注，常常因为一个人的境遇变化，而发生着改变。一个人很难对另一个人一往情深地关注下去。那种要求别人对自己天长地久地关注下去，只是一种想象的美好和自恋。一个人渐渐地淡出另一个人的视线，是一种生活。

好友明对我说了这样一件事。有一天，他接到一个电话，电话是他20多年没有联系的一位老同学。老同学告诉他，这么多年来，她在遥远的一个城市里，一直在关注着他。虽然彼此没有什么联系，但是，在自己心里始终装着他这么一个人。不为别的，只为了当年上学时，他辅导过自己几次作文。就因为那仅有的几次，她的作文成绩提高很快，并顺利地考取了大学。虽然，天各一方，杳无音信，但是，她在心里一直想念着他、关注着他。每每脑海里闪现出他，就又会悠悠见得当年笑。

那一刻，明哭了。他说，没想到，在自己的生命里，还一直有这么一个人，在默默地关注着自己。20多年了，自己就这样被一个人一直默默关注着，好像天空上一颗星星在一直默默地注视着自己，而自己，却将她早已淡忘，没有一点印记了。那一刻，他心中溢满着一种复杂的情愫，在缠绵、泛着涟漪……

每次回家看望父母，已是80多岁的父母亲看到我回家，总是显得格外高兴。他们拉着我，不停地向我问这问那。老人年岁已高，很多过往，都已淡忘、模糊了。但是，他们对儿女的情况却一直如数家珍。我忽然发现，对于父母来说，他们一辈子最为关注的就是自己的那几个儿女，其他一切皆可淡忘、模糊。无论天长和地久，这一点，永远不会改变。

红尘里，对自己不离不弃，始终关注如初的人，永远是自己的至亲。他们不求回报、不求索取、不求感恩。就这样，一直关注下去，一直到天荒和地老。只是因为，关注的方向，是他们的血脉、他们的根基、他们的生命。

音乐的守望

威廉大街位于德国柏林西市区。这条大街上住着许多户人家，邻里之间都很善良、友好，大家过着幸福、平静的生活。

威廉大街11号住的人名叫托拜西，托拜西是一名电脑工程师。他有一个儿子，今年7岁了，名叫汤姆，上小学2年级。

每天早上，汤姆上学时，托拜西就会像变魔术似的，站在家门口，将自己打扮成一只唐老鸭，然后手里拿着个小号，吹起动人的歌曲，他用这种独特的方式，送儿子去上学。

汤姆看到爸爸这种打扮吹着小号，常常抿嘴一笑，转身向学校走去。看到儿子嘴角露出的那一丝笑容，装扮成卡通动物唐老鸭吹小号的托拜西，更加兴奋地用力吹着小号。小号声像长了翅膀，追随着小汤姆一起去上学。

下午放学时，托拜西又打扮成憨态可掬的卡通动物米老鼠站在家门口吹着小号，迎接着儿子回家。汤姆看到爸爸这样打扮，嘴角又露出一丝笑容。虽然这笑容稍纵即逝。但是，看到这一丝笑容，托拜西更加兴高采烈地吹起来。儿子脸上绽放出的那缕笑容，对于托拜西来说，就是天下最美丽的花朵，芳香袭人，令人陶醉。

汤姆是一名自闭症儿童，这种自闭症是天生的。主要表现为不愿与人交流，对任何东西都不感兴趣，喜欢沉浸在一个人的世界里。当汤姆才3岁时，托拜西得知汤姆得了这种自闭症，一下子惊呆了。他带着汤姆跑遍了德国许多医院，结果都治不好小汤姆的这种病症。他感到很痛苦、很不幸。

医生无奈地告诉托拜西，任何药物都无法治愈汤姆的病，要治好汤姆的病，只能用爱，用美妙的音乐，也许这样才能使他渐渐走出孤独、封闭的世界。在他10岁之前，是治愈汤姆的最佳期。

听了医生的话，托拜西的眼前一亮，他仿佛看到那跳动希望的火焰。他挺起了胸膛，目光中闪烁着一种坚强和无畏。他擦去眼角的泪痕，将儿子紧紧地搂在怀里，喃喃地说道，孩子，让我们一起努力，去拥抱这个美丽的世界。

从此，托拜西开始学习吹小号。这对一个对音乐知识一点不懂的人来说，要想学好吹小号，困难是多么大啊。但是托拜西意志非常坚定，他参加小号培训班，他是这个班上最大的学员，学习却非常刻苦。三个月后，他从小号培训班结业了，他被评为优秀学员。他还拜著名小号手罗宾为师，使他吹小号的技艺不断长进。罗宾夸他是自己所带过的学员中最刻苦、最勤奋的一个。

回到家，托拜西开始在汤姆面前吹，吹得很投入、很认真，可汤姆看他吹小号，一点感觉和热情也没有。但托拜西一点也不气馁，他每天都在汤姆面前吹着小号。小号声热情奔放，像从遥远的天际传来的天籁，沁人心脾。

汤姆上学了，托拜西别出心裁，每天站在家门口，扮成各种卡通动物形象吹小号，迎送汤姆上学、放学。无论刮风下雨、电闪雷鸣，托拜西都会准时站在家门口。他憨态可掬、惟妙惟肖地吹着小号，汤姆从开始的熟视无睹，到定眼细看，再到会心一笑，这一点一滴的细微变化，在托拜西眼里就像是巨大的成功，他的心里比吃了蜜还甜。

渐渐地，威廉大街11号门口的那个卡通动物吹小号的形象，成为威廉大街11号的一景。终于，人们在得知这个父亲的一番良苦用心后，都被他的这种深情的父爱深深地感动了。

有一天清晨，托拜西在门口扮成一只活泼可爱的唐老鸭吹小号时，他突然发现他旁边多了一只米老鼠，米老鼠拉着大提琴。听到大提琴雄浑、宽广的音乐声，那一刻，托拜西什么都明白了，他走到米老鼠跟前，热情

地与他拥抱着，两行热泪夺眶而出。

汤姆出门时，他惊讶地看到了两只卡通动物在那里，一个吹着小号，一个拉着大提琴，脸上立刻露出惊喜的神色。他走上前去，轻轻拥抱了那只米老鼠，嘴里连连说："谢谢！谢谢！"米老鼠弯下腰，给了他一个吻。他又走到唐老鸭跟前，轻轻地拥抱了那只唐老鸭，嘴里连连说道，谢谢！谢谢！唐老鸭弯下腰，也给了他一个吻。

一直走出很远，汤姆回过头去，发现两只可爱的卡通动物，还在不停地又吹又拉，很是热闹！

下午放学回来，在很远的地方，汤姆就看到家门口的那只唐老鸭和米老鼠，又在那又吹又拉的。不，他发现旁边还有一个超人，超人在那里弹着电吉他，向他表示欢迎呢。汤姆兴奋地张开双臂向他们飞快地跑来，嘴里还高声地喊："谢谢！谢谢唐老鸭！谢谢米老鼠！谢谢超人！"

渐渐地，汤姆发现，每当他出门或者放学回来，他家门口的卡通动物越来越多，这些卡通动物好像是一个乐队在表演。听着那些美妙、动听的音乐，汤姆那颗封闭的心灵一天一天地打开了。

汤姆笑了，笑得很甜蜜、很幸福。有时，他也扮成一只卡通动物，他吹着一支长笛，长笛声，好像从茂密的竹林里传出来，声音清脆、悠扬。汤姆变得开朗、乐观起来，他深深地爱上了音乐，愿意与人交流，他有了许多小朋友……这一系列变化，令托拜西兴奋不已。

医生检查后，惊喜地告诉托拜西，汤姆的自闭症已基本痊愈了，这简直是奇迹。

医生问托拜西这一奇迹是怎么创造的。

托拜西将汤姆紧紧地搂在怀里，眼睛里噙满了泪水。他哽咽地说道，是音乐，是音乐的守望，让汤姆变成了一个健康、正常的孩子。那些可爱的卡通动物的扮演者，都是我的街坊、我的邻里，他们都是汤姆最亲的亲人。

威廉大街11号，那温暖、甜蜜的一幕每天都在火热地上演着。看到汤姆在健康、茁壮地成长，人们心里溢满幸福和甜蜜。这种幸福和甜蜜像一股暖流，在人们心田里，久久地缠绵着、荡漾着……

你们不能这样惊扰她

美国缅因州小镇米利诺基特青年霍金斯在商场购物时，与商场女营业员海伦发生了激烈的言语冲突。盛怒之下，霍金斯拔出随身携带的一把水果刀，刺向了年仅19岁的女营业员海伦的胸口。

见女营业员倒在了血泊中，霍金斯呆立在那里，大脑一片空白，嘴里只是不停地喃喃自语："我杀人了，我杀人了！"

很快，霍金斯被赶来的警察带走，关进了监狱，他将以谋杀罪被起诉。

霍金斯的母亲黛丝得知儿子杀了人，她受不了这个突如其来的打击，一下子病倒了。她住进了医院，整天神情恍惚，以泪洗面。

女营业员海伦生活在一个单亲家庭，她与母亲芭芭拉女士相依为命。当女儿被霍金斯刺死的不幸消息传来，芭芭拉女士一下子被击倒了，她也住进了医院。

芭芭拉女士躺在病床上，泪水早已将枕巾沾湿，她嘴里一遍遍地呼喊着女儿的名字，那悲戚的声音，让人肝肠寸断。

没想到，芭芭拉女士住的医院和霍金斯的母亲住的是同一家医院。芭芭拉女士听说刺死她女儿凶手的母亲也住在这家医院，而且就住在她隔壁房间，便一骨碌地从病床上跳起来，来不及整理衣服，就往黛丝的

病房走去。

刚走到黛丝的病房，眼前的一幕让她一下子愣住了。只见病房里来了许多记者，一些人举起相机，正从不同角度对躺在病床上的黛丝拍摄，还有的记者把话筒伸向黛丝的床前，连珠炮式地向黛丝发问道，你儿子行凶杀人，你作为凶手的母亲，你有什么责任吗？你是怎么教育你儿子的？你儿子平时在家里有暴力倾向吗？你儿子吸食大麻吗……

记者们的发问一个接着一个，黛丝只是用双手将自己的脸颊紧紧地捂住，双手在微微颤抖，在轻轻地抽泣着。看得出，黛丝非常痛苦。

芭芭拉倚在门框上，那些记者的问话，她都听见了，她不禁皱起了眉头，心里感觉很不是滋味。她忽然想到，黛丝也是一名母亲，她作为凶手的母亲，听了这些话，也一定如万箭穿心。从某种意义上讲，她也是一名受害者，她是无辜的。

想到这，芭芭拉理了理发丝，整了整衣襟，擦去了脸上的泪痕，沉稳地走了进来。她面色冷峻地用手指着那些记者，严厉地呵斥道："你们都给我滚出去，你们无权对一个母亲滴血的心再撒上一把盐，真是一点人性都没有！"

听了这声断喝，那些记者一下子全回过头来。只见是一个面色憔悴、身体虚弱的中年女人站在他们面前。记者们面面相觑，满脸狐疑，他们不知道这个女人是谁，为什么要发这么大的火。

有记者问："你是她什么人？你有什么权力不让我们采访？"

芭芭拉努力地挺了挺胸，强忍着眼睛里的泪水，一字一句地说："我是海伦的母亲，就是那个被刺死女的营业员的母亲！"

仿佛石破天惊，病房里一片寂静。记者们心想，这个女人一定会马上冲到凶手母亲的跟前，大声责骂她，甚至还会动手打她，以解心头的气愤。是的，人们有理由相信，无论她做了什么，一点也不过分，因为她是受害者的母亲。

只听见芭芭拉淡淡地说："刚才你们的问话我都听见了，你们不能这样惊扰她。她没有什么过错，因为她和我一样，也是一个母亲。她的儿子霍金斯犯了法，会有法律做出公正的裁决。你们这样纷至沓来惊扰她，是一种人性的泯灭和践踏。我再说一遍，请你们滚出去，我要和我的老姐妹说说话。"

芭芭拉女士义正词严的一席话，重重地敲打在现场每一个记者的心上，人们心里掀起巨大的波澜。停顿了一会儿，人们默默无语地走出病房，每个人都神情凝重，仿佛在思考着什么。

见记者都走了出去，芭芭拉随手把门关上。她转过身，看着病床上的黛丝。黛丝早已将双手从自己的脸颊上拿开，刚才芭芭拉女士的一席话，她听得清清楚楚，她不知道下面将会发生什么。她想，如果芭芭拉要骂，就让她骂，她要打，就让她打，只要她心里好受些。如果能用自己的生命换回她女儿的性命，她也决不犹豫。

她看到，芭芭拉女士在静静地看着她，她的两眼显然哭肿了，里面布满了血丝。两个女人就这样互相看着，那一刻，有一种令人心碎的寂静。突然，她看到芭芭拉走向自己，她的心提到了嗓子眼，她绝望地闭上了眼睛。

芭芭拉走到她的床前，突然俯下身子，紧紧地拥抱着她，放声大哭起来。她心里猛地一颤，也紧紧地拥抱着芭芭拉，禁不住放声大哭，嘴里不停地呢喃道："对不起！对不起！"

仿佛过了很长时间，两个女人才渐渐地停止了大声哭泣，只是在轻轻地抽泣着。过了好一会儿，黛丝才哽咽地对芭芭拉说："你狠狠地骂我一下或者打我一下吧，这样你心里会好受些。"

芭芭拉抽泣："我为什么要骂你、打你？我是受害者的母亲，我失去了我的女儿；而你的儿子也关进了监狱。作为一个母亲，我能体会到你此时此刻的心情，从某种意义上讲，你也是一个受害者啊！"

芭芭拉的一席话，像一缕清凉的风吹来，在黛丝心里荡漾开来，淤积在心里多日的苦闷、担忧、自责，渐渐地融化了。她被芭芭拉一颗宽恕、仁慈的心，深深地感动了。

芭芭拉拉着黛丝的手说："让我俩都坚强起来，一起走过这段最艰难的日子。生活还要继续下去。"

黛丝眼睛里闪烁着晶莹的泪花，她情不自禁地再次紧紧地拥抱着芭芭拉，泪水像控制不住闸门，恣肆流淌……

芭芭拉女士在病房里对记者说的一席话，在美国缅因州发行量最大的报纸《达拉斯观察报》上发表了。文章发表后，在读者中引起强烈反响，并引发了对新闻记者职业道德的讨论。

《达拉斯观察报》在评论中指出：芭芭拉女士的宽恕，像一根皮鞭抽打在我们每一个有良心的记者心上。罪不责母亲。正如芭芭拉女士所说的那样，黛丝也是一名受害者，她也是一名母亲。我们不应该在她的心灵上再撒上一把盐。

宽恕，是结束痛苦最美丽的句号。不宽恕本身就是一种暴力。宽恕，是人世间最美丽的语言，它能在尘世中开出最美丽的花朵，奏响起生命最和谐的乐章。

一念灭，一念起

他来到人流涌动的人才交流市场，怀揣着精心设计的几十份简历，想找份工作。看得出，他的心情很激动，脸上闪烁着急迫和兴奋的光芒。

人太多了，大厅里，人声嘈杂，空气污浊，他感到心口十分堵得慌。他极力地伸长脖颈，眼睛瞪得大大的，看着那一个个招聘启事，生怕遗漏了一点。渐渐地，他的眉头紧锁起来，目光变得黯淡下来，眼睛里流露出一种茫然和无助的神色。他感到自己这个三流大学的毕业生，要想在这找份满意的工作很难。

他挤进人群，将简历胡乱散发了几份出去，脸上露出一丝苦笑。

忽然，他的脑海里闪出一个念头：不找了！

这个念头一闪现，他立刻毫不犹豫地挤出人群，走了出来。他深深地呼吸了一下外面的新鲜空气，心里感到一阵舒坦。他望了望湛蓝的天空，天空上，几朵白云在悠悠飘浮着。不知为什么，他的心里有种清澈的感觉。

那个像升腾起的烈火一样找工作的念头，就这样熄灭了。他又想，不找工作，那干什么去？他摸了摸口袋里仅剩下的几张钞票，心里不禁一片茫然，眼睛里闪烁着一丝晶亮。

他漫无目的地在路边走着。他的思绪很乱，像蒙太奇一样。

不经意地，路边有一个卖水果的老大娘引起了他的注意。老人七十多岁的样子，佝偻着背，花白的头发，脸上布满了皱纹。老人面前摆放的两篮子苹果，清香扑鼻，散发着诱人的色彩。看到有人从眼前走过，老人的脸上立刻露出温暖的笑容，她热情地吆喝着，声音洪亮、清脆。老人脸上的笑容，像盛开的菊花，明亮、艳丽。

看着老大娘卖水果的样子，忽然，一个念头在他脑海里升起：我也卖水果！

这个念头一闪起，他像吃了蜜似的，心里溢满了甜蜜。他想，老大娘这么大岁数了，还在自食其力，让人敬佩和感动，我就学老大娘——卖水果。

说干就干，他来到水果批发市场，批来两箱苹果，然后来到菜市场。他把苹果摆放开来，看着一个一个从他面前走过的人，他的脸上溢满了笑容。他想起了那卖水果的老大娘，他感到自己脸上的笑容有点像那老大娘。

很快，一个带孩子的女人在他的苹果摊前停了下来，她问了价格，然后蹲了下来，挑挑拣拣，买了几个苹果。他激动地称好苹果，收下女人递来的钱。

手里捏着那几张钞票，他的心里甭提多兴奋啦！他想，这做生意并不难啊，只要肯干，就一定能干出名堂来。

一天忙下来，他算了算，发现竟然赚了22块钱。他笑了，笑得很甜、很明媚……

人们很快就发现，菜市场一角，有一个戴眼镜的年轻人，每天固定在那卖水果。年轻人的笑容很灿烂，那笑容，有点像老大娘。看到那笑容，总让人忍俊不禁。

他的水果品种渐渐地多了起来：苹果、香蕉、橘子、哈密瓜……从一开始是一辆破旧的自行车运货，渐渐地，他换了三轮车、电动三轮车。终于有一天，人们发现小伙子开着一辆面包车来了，身边还有一个穿粉红色衣服的姑娘，也在他身边帮忙。小伙子的脸上，多了一份自信和沉稳。

小伙子不再在露天里卖水果了，他租了一个门面房，门面房里，不仅卖水果，还卖各种炒货兼批发。他的生意越做越大，还开了几个分店，手下有了十几个员工，人们开始称他为"老板"了。

有一天，来了一个记者采访他。记者问他是怎么想到自主创业的。

小伙子听了，眸子里闪烁着一丝晶亮，仿佛陷入一种回忆中，然后，缓缓地说："一念灭，一念起。"

看到记者疑惑不解的神色，他解释："我在求职中，感到很困惑、很茫然，突然间，找工作的那个念头熄灭了。看到路边一个老大娘在卖水果，又一个念头升起——就学那老大娘卖水果。就这样，一路走来，我将生意渐渐做大了。"

他深情地说："一念灭，一念起，人生的转折点就在这瞬间发生了，它让我看到了天堂的模样。"

第三辑

入画的时刻

灰太狼失败的原因

大学毕业后，看到许多同学走上一条自主创业的路子，并且赚了个盆满钵满，我心里很是羡慕，就对母亲说："我也要自主创业。"

母亲高兴地说道："你这个想法很好，那就开始行动吧！"

我说："那你们先把路给我铺好，铺好了路我再干。"

母亲吃惊地问道："让我们先给你铺好路，那还要你干什么？"

我说道："你们不铺好路，我怎么干？"

最终，因为家人没有给我铺好路，我也就没能走上自主创业的路子。

我对本单位老黄写的东西，总是充满了轻蔑和嘲笑，说他写的文章像个小学生，这样的文章还被刊登在报刊上，简直不可理喻。

听多了，妻子淡淡地说道："你总是说别人写得不好，那你自己写几篇给我看看？"

我一愣，说道："你和报社编辑联系下，只要他们能刊登我写的文章，我就写。"

妻子揶揄地说道："哪有一个字也没写，报社编辑就同意刊登你写的东西的道理？你要先写出来，让人家看到了，才能做决定啊！"

我一时语塞。妻子望着我，轻轻地叹着气，不置可否地摇了摇头，目光里满是失落和遗憾。

儿子小时候总喜欢缠着我给他讲故事听。讲来讲去，就是那几个老掉牙的故事，一点新东西也没有。儿子不满意地叫我讲几个新故事。

我说："我小时候只听奶奶讲过这几个故事，其他的就不会了。"

儿子说道："那你再多看一些儿童故事，不就会讲给我听了吗？"

我不屑一顾地说道："说得倒轻巧，我现在哪有那个时间？"

儿子听了，眼睛里有泪花闪烁，满是失落和沮丧。

喜欢和7岁的儿子一起看《喜羊羊与灰太狼》动画片。片子里面小羊的机智、勇敢和灰太狼的阴险、狡诈，形成了鲜明的对比，令人忍俊不禁，捧腹大笑。

一次看完后，儿子忽然问道："爸爸，您知道灰太狼失败的原因是什么吗？"

我疑惑地说道："不知道！"

儿子一脸严肃地说道："您看了这么长时间也没看出来，真是白看了。灰太狼失败的原因就是别的狼逮到小羊都吃生的，而它却要将逮到的小羊带回家烧熟了吃，结果忙乱了半天，让小羊全跑了。这就是灰太狼失败的原因。"

末了，儿子又一字一句地说道："我看您就像个灰太狼，干什么都要烧熟的吃，结果什么也没吃到，真是太让我失望了。"

指间流沙

沙滩上，一个胖乎乎的小男孩在用小手堆砌着一座城堡。海水拍打着岸边，卷起朵朵洁白的浪花。阳光、沙滩、海浪、白帆，还有那沙滩上用小手堆砌城堡的小男孩，这一幕，构成了一幅温馨、甜美的画面。

小男孩用小手用力抓着沙，堆砌着他的城堡。城堡塌了下来，再继续，一点也不气馁。在他小小的心灵里，有一个愿望：他要把他的城堡打造成牢不可破的宫殿。

可是，尽管小男孩每一次都用力抓起沙，想抓得满满的，那沙却从指间里，像一根线似的，丝丝缕缕地漏掉了。等到他将手中握的沙放到小沙丘上时，只剩下一点点了。

小男孩急得眼睛里滚出了泪水，他对身旁的妈妈说道："妈妈，我手里的沙怎么抓不住啊？全从指间里流掉了。"

妈妈蹲下身子，抚摸着小男孩的头，目光中溢满了温柔，她和蔼地说道："孩子，每次你总想抓很多的沙，沙就会从指间里流掉了，你换一种方法试试，每次手中握的少点，这沙就不会溢出来了。"

于是，小男孩将手中的沙握的少点，他一看，果然指间的沙流的少多了。他惊喜地说道："妈妈说得对，每次握少点，沙就不会流出来了。"

年轻的母亲温柔地抚摸着小男孩的头，脸上露出赞许的神色。母亲对小男孩又说道："流沙是远古时，人们计算时间的一种方法。那时没有钟表，古人却从指间流出的沙，计算出了时间的长短。你长大了，就会知道许多流沙的道理。"

小男孩用力抓起一捧沙，举起来，对着阳光，看指间里流出的沙。那流出的沙，像一根细线，丝丝流出……

孩提时，在海边的沙滩上，母亲对我说的指间流沙那一幕，成为我脑海里最温暖的记忆。我脑海里，常常浮现出指间里流出的沙。那流出的沙，像一根细线，丝丝流出……

流沙的时间里，小男孩渐渐地长大了……

上学后，看到同学们，有的会拉琴、有的会画画、有的会唱歌、有的会游泳……我羡慕极啦！回到家，也央求母亲让我报名学习这些技能和特长。

母亲听了，皱起了眉头，说道："你怎么一下子能学这么多？只需学一两项就可以了，学多了，你不会有那么多精力的。"

可是，我不听，又哭又闹。经不住我胡搅蛮缠，母亲轻轻地叹了一口气，只好为我报了几个兴趣爱好培训班。

开始，我的积极性可高了，有时一晚上要赶赴两三个培训地点，忙得不可开交。

可这种热情只持续了几个晚上，那个热度就全没了。又过了一段时间，我只参加画画培训班，其他的全停了下来。

母亲意味深长地说道："怎么，你刚开始那种积极性哪去了？"

我脸红了，嗫嗫嚅嚅地回答不上来。母亲说道："这和指间流沙是一个道理，你总想一把抓很多的沙，结果手中的沙都从指间里流掉了。根据自己的兴趣和爱好，只有学一两项，你才会学得精、学得好。"

指间流沙？好熟悉的话啊！顿时，海滩上，那个胖乎乎的小男孩用手抓沙堆砌城堡的一幕，又在眼前浮现。那从指间里流掉的沙子，像一根线似的，缠缠绵绵……

大学毕业后，我很快地找到了一份工作。我意气风发地回到家，对母亲慷慨激昂地说道："我马上还要学做生意、学炒股、开网店，还要考托福……要干的事太多啦！现在是我大显身手的好时候，妈，您就等着享福吧！"

我本以为母亲听了我的话，会大为赞赏和鼓励的。没想到，母亲听了，眉头紧锁，一点也没有为儿子高兴，只是淡淡地说了句："又是指间流沙！"

母亲轻轻的一句，仿佛一声雷，在我耳旁轰响。海滩上，那个胖乎乎的小男孩用手抓沙堆城堡的一幕，又在眼前浮现。那从指间里流出的沙子，像一根线似的，缠缠绵绵……

我愣了好长时间，就这样怔怔地看着母亲，瞬间，仿佛有种醍醐灌顶的顿悟。

母亲用"指间流沙"这个事例，一直在给予我正确的引导和教育。一个人，无论干什么事，都要量力而行。掌心只有方寸大，紧紧地握住只是属于自己的一方沙，才能握得紧、握得牢。

我不好意思地抓了抓脑袋，脸上露出了羞愧的神色，低声地说道：

"妈，我懂了，我的掌心只有方寸这么大，不可能一下子抓住那么多。努力地干好本职工作，做出一番成绩来，才是最重要的。"

母亲的脸上露出欣慰的笑容。她为我整了整衣襟，喃喃地说道："孩子，生活中，那些看不见的沙，时时在考验着你。抓住手中的沙，不让多余的沙流出来，才是一种智慧和聪明。"

消失的子弹

他心中溢满了怒火，这火焰在熊熊燃烧。听人说，办公室的小王在背后向领导打小报告，说他上班溜跑出去上街买菜，还说他经常上班迟到。这小王，简直是踩在别人的肩膀上想往上爬。

他越想是越生气，看到小王哪儿都觉得不舒服，两眼总是向小王发出冷冷的目光，这目光，像两颗仇恨的子弹射向小王。

对于他不友好的目光，小王好像并没有察觉，依然快快乐乐地工作着。

科里要推荐一个先进，大伙都说要推荐小王，说小王工作踏实、任劳任怨，在群众中形象很好。他听了，一直没有言语，他在心里一遍遍地诅咒着小王，希望小王没有被选上。

名单公布了，出乎他的意料，先进竟然是他，他感到很吃惊，这先进怎么会是我？

领导递给他一张先进表格让他填写。他疑惑地问领导，怎么先进会是我？

领导告诉他，是小王在我面前极力推荐你的。小王说，你工作踏实、肯干，工作不分分内分外，样样抢着干。

他听了，惊讶得合不上嘴。没想到小王这么厚道、真诚，自己对小王一直耿耿于怀，看来真是错怪了小王。再看到小王，他的目光里溢满了柔情，那像射出仇恨子弹的目光消失了。子弹消失了，他的心情也好多了，工作的积极性更高了。

不知什么原因，他对邻居意见很大，看到邻居哪儿都觉得不舒服。听到邻居关门声，他觉得太响；闻到邻居厨房的油烟味，他觉得太呛。在走廊上、窗口处，只要看到邻居家人，他的两眼就像要射出仇恨的子弹，心中溢满了怒火，脸色变得很难看。

有一天，他打开门正要出去，忽然看见邻居正弯下腰，将他放在门口的垃圾袋拎了下去。那一刻，他突然愣住了，没想到，门口的垃圾袋经常不见了，原来竟是邻居拎下去的呀。自己不仅从来没有拎过一次邻居的垃圾袋，而且看到邻居家人，眼睛里就像是射出愤怒的子弹。想到这，他的脸上一阵发热，目光中露出羞愧的神色。

再看到邻居家人，他的目光变得柔和起来，那像射出仇恨子弹的目光已消失了。再听到邻居关门声，他觉得那声音好像天籁之音，在他耳旁温馨地回响；邻居厨房飘过来的油烟味，仿佛芬芳四溢的馨香，沁人心脾。

人生中，最大的痛苦是心中积淀了仇恨的种子。这仇恨，是自私、狭隘和冷漠。一旦化开，顷刻间，满眼都是春光明媚，一片霞光。

入画的时刻

黄先生是位资深的画家。他特别善于画人物画，在他的画作中，人物形象饱满、线条流畅，总能给人一种阳光、充满朝气的印象。他的画作多次获奖，他被称作"阳光画家。"

　　黄先生告诉我，当年他留学回来，他的绘画带有一种很深的"凡·高的印记"，绘画上隐藏着一种很深的灰暗、沉闷的色彩，与现实生活有着一种很大的差距。他的老师中肯地指出了他在绘画中存在的问题。

　　一语惊醒梦中人。他发现自己在绘画中确实存在着这些问题，于是他开始大胆改变以往的绘画风格，开始了一种全新的创作风格尝试。这一改变，使他的绘画技艺有了很大的突破，他的创作迎来了生命的春天。

　　一次，我请他给我画一幅肖像。黄先生看了看我，说道："现在你不是入画的时刻。"

　　我一愣，怎么我还有不是入画的时刻？

　　黄先生看出我的疑惑，说道："是的，人都有一个入画的时刻。如果在过去，你现在正好是我'凡·高的印记'入画时刻，可是现在你这种状况，却不符合我现在绘画的风格。"

　　我听了，心里猛然一惊，问道："你是怎么看出来我不是你现在的入画时刻？"

　　黄先生说："你的脸部表情告诉了我！"

　　"我的脸部有什么表情？"我不解地问道。

　　"你的脸部表情告诉我，你现在内心充满了焦灼和不安，对目前自己的生活很不满意，有一种苦大仇深的沮丧和牢骚。"

　　黄先生的话让我大吃一惊，我不禁为画家犀利的目光所叹服。近些日子，我确实生活得不太如意，大学毕业后，工作找了许多家，可一直没有落实。谈了两年的女朋友，也离我而去，我感到沮丧极了。没想到，这些烦恼都刻画在我的脸上了，让黄先生一语道破。

　　我抓了抓脑袋，仿佛被人偷窥到自己的内心世界，不好意思低下了头。

　　时间就这样一天一天地过去了。一天，黄先生在小区里突然喊住了我，说道："你现在正是入画的时刻，我马上给你画一张。"

　　我听了，感到十分惊讶，说道："我现在怎么是您入画的时刻？您上

次不是说我不是入画的时刻吗？"

黄先生笑道："你上次不是入画的时刻，但今天你是入画的时刻，你的脸部表情告诉了我，你现在可以入画了。"

又是我的脸部表情。我感到很惊讶，黄先生怎么看出我脸部表情可以入画了？

黄先生笑着说道："你脸上的表情告诉了我，你现在心情很好，有很多快乐的事。"

我不禁再次为画家敏锐的目光所叹服。是的，近来我确实是好事连连，工作已落实，还新结识了一个女孩子，感情进展很顺利……没想到，那些喜悦全被黄先生一眼看出，我有些羞涩地笑了。

黄先生花了两个多小时给我画了一幅肖像。我将这幅肖像挂在书房里，每天看到这幅肖像，我都看到了一种自信、热情和乐观。这幅肖像，给了我一种前进的动力和勇气。这幅肖像，真的是我最美的入画时刻。

生活总会发生一些意想不到的困难和不幸。别怕，别把那种困难和不幸刻意地留在脸上。无论遇到何种困难和不幸，让自己的表情永远表现在入画的时刻，更是一种睿智和成熟，它是人生的一种信心和力量。

没人有义务对你好

回到乡下，已是暮合时分。院子里，母亲正在浣洗衣裳，空气中，弥漫着一种湿漉漉的气息；淡淡的水渍，隐映在地上，像画上了一块块地图。看到我回来了，母亲欣喜地直起身子，她擦去手上的水渍，搬过来一条小凳子。然后，母亲亲切地询问起我近来的生活情况。

我喜形于色地说起我的近况，可是，说着说着，我突然义愤填膺地冒出一句："现在的人，真是狗眼，用得着你了，就会想方设法地巴结你，用不着你了，就会对你不管不问了。"

母亲惊讶地抬起头，问我是怎么回事。

我心情郁闷地对母亲说起自己气愤的原因。我说："我去年下岗了，曾经和我玩的最好的一个哥们，却装着不知道似的，不管不问。我今年又重新找到工作了，他又跑来和我叙友情了，这种人真是狗眼。"

母亲听了，淡淡地说："我当发生了什么事呢，这叫什么事？竟惹得你生这么大的气，真划不来。生活是自己的，你只要自己对得住自己就行了，没人有义务对你好！"

母亲淡淡的一句话，像一记闷棍，重重地击打了我一下。我心里一遍遍地回味着母亲这句话，内心里，久久不能平静。

因工作上一件事，需要找过去单位的一个老领导证明下。这位老领导从单位退下来有好几年了，一直没有再联系过。于是，我辗转找到了这位老领导的家。

当他看到我的那一刹那，他脸上露出满是惊喜的神色，他紧紧地拉着我的手说道，还是你够朋友，我退休下来，就很少有人上我家了，那帮人都是一群狗眼，我在台上时，都巴结我，整天围着我转，我下来了，就再也见不到影子了。这些年来，我一直在为这事生气！

老领导越说越气愤，脸因气愤而变得有些扭曲了。听到老领导义愤填膺的控诉，我好不尴尬，不自然地讪笑着。终于，我嗫嗫嚅嚅说出我找他的原因，他的脸色突然变得阴沉起来了。他松开我的手，淡淡地说："原来你是找我有事的哦，我还以为是专门来看望我的呢，唉！"

老领导顿时陷入到一种深深的失落中。我心里溢满了自责和内疚，我为自己也成为他眼中的那帮狗眼而难过。我知道，此时我无论如何解释我不是狗眼，也都无济于事了。在他眼里，我就是狗眼。

事后，我对着镜子，曾仔细观察自己的眼睛，一遍遍地问自己：你也长着一双狗的眼睛吗？

生活中，我们常常觉得自己不快乐，并不是自己缺了什么，而是觉得别人对自己不够好，特别是在自己失落的时候，这种心理表现得更加强烈。我们看别人是长着一双狗眼，而别人看我们，又何尝不是长着一双狗眼？

香港著名主持人梁继璋先生在给他儿子的一封信中写道：孩子，在你一生中，没人有义务要对你好！因为，每个人做每件事，总有一个原因。他对你好，未必真的是因为喜欢你，请你必须搞清楚，而不必太快将对方看作朋友。没有人是不可代替，没有东西是必须拥有。看透了这一点，将来你身边的人不再要你，或许你失去了世间上最爱的一切时，也应该明白，这样不是什么大不了的事。

让你大于你

外甥大学毕业后，应聘进入到一家合资企业。时间长了，每月固定的薪水、按部就班的生活，使外甥渐渐地感到生活中似乎缺少了点什么。

外甥的妻子平时喜欢编织一些针织品。他看到妻子编织的许多针织品，款式新颖、色彩斑斓。编织多了，摆放得到处都是，可是，妻子又停不下手。编织，是她的一大爱好。妻子常常调侃道，停不下了，手里如果不编织点什么，就会感觉到胸闷、心慌。

他百无聊赖地开了一家网店。将妻子编织的一些针织品挂在网上出售，本意只是想减少点家里的"库存量"。没想到，这些手工编织网上销售情况很好，许多网友在他的网店里购买。一时间，夫妻俩发货、销售、包装，忙得喜笑颜开。

就这样，业余时间，外甥精心打理着他的网店。妻子精心地编织针织品，而且编织手艺日趋成熟。她一个人忙不过来了，又招了几个会编织手艺的下岗姐妹。货源有了保障，网店的品种更加丰富。

外甥常常揶揄地笑道："我这白天是打工仔，晚上回来是老板。这老板只需用鼠标轻轻点击几下，就产生了效益，这种景况自己过去真是不可想象的，原来自己还有另一个当老板的潜能，真是自己大于自己。"

想到自己还可以大于自己，外甥就会情不自禁地笑出声来。

外甥的几个大学同学毕业后，一直在四处找工作，他们投出的简历像雪片一样飞了出去，可是，收效却甚微。曾经的豪情满怀，曾经的踌躇满志，渐渐地变得有些心灰意冷、怨声载道起来。他们找到外甥诉起苦来，怨自己生不逢时，怨自己满腹经纶，却无处施展自己的抱负和理想。

看到同学这种心灰意冷、愁眉苦脸的样子，外甥说："其实人生没有什么生在逢时或生不逢时，每一个时代都有它逢时的机遇和挑战，只有多动脑筋，想办法，让你大于你，这才是一种人生的大智慧。"

同学疑惑不解道："让你大于你？"

"对，只有让你大于你，你才能走出自我的小圈子，发现一个崭新的自我，发挥出自己最大的潜能。你看，你们始终抱着自己所学的专业这个小圈子，就在这里面转圈子，不能跳出来，一旦遇到阻力，就束手无策、怨声载道起来。"外甥的一番话，使几个同学恍然大悟，有种茅塞顿开的顿悟。他们对人生重新进行定位。有的干了一样，又将目光触及另一面；有的成为荐稿员，看了有好的文章，就推荐给报纸杂志；有的成为动漫设计员，为网络编排程序……他们又变得乐观开朗起来，更重要的是他们变得成熟、睿智起来。

茫茫尘世间，无论你是谁，永远不要囿于自己本身的条条框框，而应将自己的触角伸向更多的方面，看得更远一点、想得更深一点、干得更多一点，你才会你大于你，你才会重新认识你自己。在任何时候、任何情况下，只有让你大于你，你才会有百倍的信心和勇气，使自己变得更加强大、更加勇敢、更加睿智。如果说这个世界还有上帝的话，那就是让你大于你。

有灵且美

窗台一角阴暗处不知什么时候长出了一棵野蘑菇。这野蘑菇样子怪怪的，全身黑黝黝。我心想，这里怎么长了这么一棵丑蘑菇，真恶心。嘴里边叽叽咕咕，边伸出手要去摘掉。

母亲看见了，连忙制止道："不要摘，就让它在那自然生长吧。你看，这野蘑菇长得多美啊！婀娜的身姿，袅袅婷婷，一阵微风吹来，轻轻摇曳，好像在向你点头、微笑哩。它将根茎深深地扎于窗台的缝隙中，尽情展示生命的顽强和坚韧，它是有灵魂的，这就是一种美。有灵且美，对有生命的东西，轻易怠慢和蔑视，就是对生命的亵渎和践踏。"

听母亲这么一说，我再仔细看这蘑菇，忽然发现，这只野蘑菇变得不再丑陋，而是充满了美感，有一种亭亭玉立的美丽。这种美，独一无二，让人充满了敬畏和神圣感。

傍晚，和妻子在小区散步，看见前面走来一个步履蹒跚的老太太。老太太的头发灰白、乱蓬蓬的，脸上布满了岁月的沧桑和刻痕。她手里拿着个蛇皮袋，看到一只垃圾桶，步子明显加快了些。她伏在垃圾桶边缘，将身子深深地探在里面翻拣着。过了好一会儿，老太太才将身子直了起来，这时，只见老人手里拿着个矿泉水瓶，脸上不知是因为激动还是刚才翻拣劳累，红红的。老太太将矿泉水瓶放进蛇皮袋里，又蹀蹀躞躞地向另一个垃圾箱走去。

妻子停下脚步，眼睛直直地看着老太太，目光里竟溢满了一丝晶莹。

我疑惑道："你怎么啦？"

妻子意味深长地说："你看那老太太多美啊，那么大岁数了，还在这么辛勤地拣拾废品，一只矿泉水瓶，在她眼里仿佛绽放出花一样的美丽。她就像是我乡下的老母亲，那么大岁数了，每天还在田里辛勤地劳作。她的身上积淀着一种劳动的美。生活虽然还有许多艰辛和困难，但是，有了这种美，就有了一种坚强和勇敢。"

说着说着，妻子的嗓音变得哽咽起来……

儿子放学回到家，一进门，他就兴奋地对我说："我们班今天来了个新同学，他是个民工子弟，他的一条腿还有点残疾，正好老师把他安排和我坐在一起。没想到，他学习真好，一堂课，他举手发言了3次。因为他腿有残疾，老师就让他坐着发言，可他硬是支撑着桌子，艰难地站起来发言。回答完老师的问题后，才又斜着身子，艰难地坐下。看着他发言，我感觉到他的姿势非常美，这种美，充满着一种自信和坚强。他那一手漂亮的钢笔字，更让我钦佩不已。他有些羞涩地告诉我，他还不会使用电脑。但我觉得，他那一手漂亮的行书，比电脑上打出的字要漂亮百倍。我为结识了这么一个新同学，感到无比高兴，他就是我学习的榜样。"

儿子一口气说了这么多，因激动和兴奋，脸上一片红润。在儿子的眼里，他看到这位民工子弟身上洋溢着一种奋发、向上的美。这种美，给了儿子一种激励和鼓舞。

有灵且美。对于任何有灵魂的东西，都有它美丽的一面。虽然他们很卑微、很孱弱，但他们依然顽强地展示出生命的坚强与美丽。树木有树木的伟岸、花儿有花儿的芬芳、草儿有草儿的嫩绿。只要对生活充满感恩和爱，就会看出一个美丽的灵魂，看到一个美丽的世界。

不要取悦所有的人

上大二时，好友许文邀请我和他一起创业。他说，他看好了一个项目，在学校大门口租一间门面房，专售文具用品，一定会有好的发展前景。

我忐忑不安地说："如果创业，让老师和同学们知道了说我们不务正业，怎么办？"

许文说："那有什么关系？我们创业又不影响学业，租个门面房，请个人，我们只需从网上进点货就行了。"

我还是忐忑不安地说："别人知道了，一定会说闲话的。"

许文见状，只好邀请了另外一个同学和他一起创业。没想到，这个文具用品店开起来后，生意颇好，到了大四时，许文已开了三家分店，不仅没有什么人说闲话，大家还十分羡慕他，他成为大家学习的楷模。

这时，我真有点后悔当初没有和他一起创业，如果当初和他一起创业，我现在不仅赚了个盆满钵满，也成了大家学习的榜样。唉！心里直呼懊悔。

工作后，有一个亲戚邀我到他公司工作，他说，他现在正缺人手。

我忐忑不安地说道，我到你公司工作，让其他亲戚知道了，他们一定会说闲话的。

亲戚说，这有什么闲话？我请你去是干活的，又不是请你去吃闲饭的。

我还是顾虑重重。亲戚见状，只好另请别人了。

没想到，亲戚邀请的那个人，不仅没有人说什么闲言碎语，大家反而十分羡慕他。几年后，那家公司经营得红红火火，规模不断扩大。当初亲戚邀请的那个人，已成为一家分公司的经理，事业上，一片红火。

这时，我真后悔当初没有听从亲戚的邀请，如果当初我听从他的邀请，我现在也一定风光无限。唉！心里直呼懊悔。

同事小王和我是一对好朋友。他邀请我利用晚上业余时间去听外语讲座，他说，掌握好了一门外语，将来也许会有用得着的地方。

我忐忑不安地说："我们晚上去听外语讲座，被领导和同事们知道了，会不会说我们是好高骛远、不务正业？"

小王说："这怎么能是好高骛远、不务正业？多学点东西是好事啊！"

我还是有所顾忌。小王见状，只好一个人去学习了。

一次，一个外商到公司里洽谈生意。可是，公司里原有的翻译正好不在。小王知道了，赶了过来。他一口流利的外语，让外商大为赞赏，公司与外商洽谈进行得十分顺利。事后，公司老总大为惊喜，将小王提拔为公司情报资料处处长。

这时，我真后悔当初没有听从小王的邀请，如果当初我听了小王的邀请，我现在的状况也许不会是这个样子了。唉！心里直呼懊悔。

············

生活中，我总是担心别人说闲话，处处谨小慎微、顾虑重重，结果一事无成。我成了一个生活的失败者。

美国著名导演比尔·寇斯比在他的新片发布会上，有记者请他谈谈成功的秘诀，比尔·寇斯比说道，我不知道成功的秘诀，不过我可以确定失败的秘诀，就是想要取悦所有的人。人生中，有的人之所以失败，不是他不能，而是他为了取悦所有的人，结果一事无成。

那些个"我"

在百度上输入自己的名字，一搜索，立刻发现，出现了许多与我同名的人。于是，突发奇想，想看看那些个"我"多是一些什么样的人，他们与我有相同或相似的人生或经历吗？

那一个"我"是北京舞蹈学院的一名学生。她那婀娜多姿的倩影、梦幻般的舞姿，给人带来美的享受和遐想。她才19岁，从小就喜欢上了跳舞，小小的年纪，一个人北漂，到了北京寻求新的发展和跨越。吃了很多的苦，尝了许多酸，凭着自己的坚强和努力，终于站稳了脚跟。如今，她

当教练、拍戏、唱歌，生活渐渐地安定下来。她说，她最大的心愿是在北京买一套房，把爸爸、妈妈接到自己的身边来，她要为他们尽一份孝。爸爸、妈妈为了养育她，太不容易了。

原来，另一个"我"是一个90后的妩媚少女，有着一个美丽的梦想和一份令人敬佩的坚强。

那一个"我"是生活在广州市一名腿部有残疾的青年。他自己开了一家无线电电器修理门市部。他把自己的个人信息发到网上，希望网友们有机会光顾他的修理部。从照片上，我看到，这是一个阳光青年，才二十几岁的样子，他的脸上溢满了自信，他的旁边还有一个姑娘的美丽倩影。看到那一个"我"，我心里顿时溢满了柔软。

那一个"我"用坚强、努力和勤奋，走出了一个崭新的自我。

那一个"我"是一个才上幼儿园的4岁小男孩。没想到，这个小不点才这么点大，就知道展现自我，甚至会炒作自己。他说，他会唱歌、会讲故事、会踢足球，还会魔术。他说，长大了，他或许会成为一名歌唱家，或许会成为一名演讲家，或许会成为一名足球运动员，或许会成为刘谦一样的魔术师。

那一个"我"尽管懵懂、尽管稚嫩，但却有一个美丽的梦想。

那一个"我"是浙江大学的一名讲师。他在大学里开办的心理学课程，用通俗易懂的语言，进行深入浅出的讲解，深受学生们的欢迎。学生中有人遇到一些人生的困惑或迷惘，他常常利用心理学知识，为学生们释疑、解惑。常常给人一种拨云见日、豁然开朗的美好，他成为学生们的知心朋友。汶川、玉树发生强烈地震后，他又奔赴灾区，给灾民做好心理辅导，帮助灾民们度过心理危机。

那一个"我"，用他的知识、用他的善良，给人以心理救治，成为人们的知心朋友。

那一个"我"是贵州一家报社的一名记者。他的文字散发着清新、质朴的气息。许多来自"三农"一线的新闻报道，常常见诸报纸。通过他

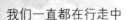

的报道，可以看出，他对工作非常敬业。那些贫困山区农民亟须帮助解决的问题，在他的深入采访后，被报道出来并引起有关方面的重视，得到了很好的解决。他说，我没有什么本事，我只有用手中的笔，为农民多写报道，才不辱我一个记者的使命。

············

那一个"我"是一名记者，他在用手中的笔，书写人生、书写精彩、书写美丽。

那一个个"我"生活在全国不同的地方，那一个个我，有青葱少年、有翩翩少女，也有天真烂漫的儿童。看到那一个个"我"之间仿佛有一条看不见的红丝线，将我们紧紧地联系在一起。于是，在生命中，多了一份关注、一份牵挂、一份守望。

第四辑

脱了蟹壳才见肉

人生的素材

还是在上中学时，一次，安德烈正在书房里写作业。母亲龙应台轻轻推开虚掩的门走了进来。她看到儿子正冥思苦想写着什么，就笑着问："在写什么呢？"

安德烈抬起头，愁眉苦脸地回答："老师布置了一篇作文，是记叙一个人，我想写您，可我却不知道从哪个角度去写，您是名人，大家都知道您。可是我却感到您只是一个平凡的母亲，真的不知从哪个角度写出来才感人。"

龙应台听了，轻轻地摇了摇头，说："不，我的人生素材没有你乡下种田的舅舅的素材感人，你写他，一定更有素材可写。"

安德烈听了，疑惑地问："写舅舅？他可只是一个普通的种田农民啊，又不是什么名人，有什么素材可写？"

龙应台严肃地问："怎么？一个种田的农民就没有什么素材可写吗？你还记得每年放暑假，我带你到乡下舅舅家生活的情景吗？"

提起到乡下生活的那些情景，安德烈立刻兴奋起来，他说："记得，舅舅带我到田里收割稻子、到河里捉小鱼小虾；夜晚的时候，还带我到树林里去捉蝈蝈、逮蛐蛐呢……可有趣啦！"说起在乡下生活的情景，安德烈一脸兴奋和喜悦。

龙应台爱怜地用手抚摸着儿子的头，说："你舅舅一辈子生活在乡下，土地就是他的素材，他把他的素材描绘出一片灿烂和锦绣，他活出了

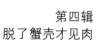

一股力量和志气，如果我和你舅舅换个人生角色，我肯定不如你舅舅。"

母亲的一番话，给了安德烈很大启发，他高兴地说："妈，我听您的，我就写舅舅。"

安德烈这篇《舅舅的人生素材》，后来被收录进了《台北市中学生优秀作文选》，并成为台湾省高考范文。安德烈在谈到这篇文章的写作体会时，说道，是母亲教会了我要看到人生的素材，哪怕他只是一个普通的劳动者，只要善于发现，就能发现蕴藏在里面的温暖和力量，这是社会向前发展和进步的中流砥柱。

日本著名电影演员高仓健在他的《家乡的母亲》这篇文章中，记录了这样一件事：高仓健从外地拍片回来，他将他拍摄的手拿大刀背上刺青的武侠片海报给母亲看，他本以为母亲会夸赞儿子照片拍得真好。没想到，母亲看了一下，眼圈一下红了，她心疼地说道："孩子，你脚上又生冻疮了。"

高仓健听了，心里不禁百感交集，没想到，这张被无数人夸赞过的照片，只有母亲一个人注意到了他脚后跟那块小小的肉色创可贴。

母亲递给高仓健一双袜子，说道，儿子，这是我给你做的一双棉布袜，天冷时，如果你再拍片时就穿着它，暖和一些，脚就不会生冻疮了。

高仓健在文章中写道，作为一个母亲，儿子就是她的人生素材，儿子的冷暖、儿子的苦与乐，无时无刻不成为母亲的牵挂。无论儿子离开母亲的视线有多远，母亲都能看得见，因为儿子是母亲一生的素材。

每个人，都有他人生的素材。尽管有的素材显得很卑微、很渺小，但说出来，同样有血有肉、有声有色；同样令人百感交集，柔情似水。

别总是自己吓唬自己

大学毕业后，找工作一直很不顺利，都三个月了，工作还没有落实，我心中充满了悲观和痛苦。面对庞大的就业大军，我的心更加揪紧了。

我神色黯淡地回到家，看到正在厨房里忙碌的母亲，重重地叹了一口气，对母亲灰心丧气地说："这下完啦，大学白上了，工作没法找，人家开口就问我有没有工作经验。只要一听说我是应届毕业生，就连连摇头摆手。我还不如我以前的初中同学呢，他们现在在餐厅、在洗车房干得顺风顺水，都有好几年的工作经验了。今天我到一家公司找工作，那个公司保安竟是我初中的同学，他都已经干了7年保安了。那个当保安的同学听说我找不到工作，就说他们现在正缺一名保安，要不去应聘当一名保安。我一气之下真的去应聘保安了，可人家一听我是一个文弱书生，什么工作经验也没有，立刻将我拒之门外了。这下我完了，看来工作是无法找到了。"

母亲听了，回过头来，擦了擦手上的水渍，笑道："我当发生了什么大事呢，不就是工作暂时还没有着落吗？生活在这个世界上，每个人都有自己的一个角色，别人的角色看起来轻松，其实也许并不适合你，你的角色，别人也许也干不来。再找找，我就不相信没有适合你的岗位，别总是自己吓唬自己！"

母亲的话，铿锵有力，一下子让我愣住了。我疑惑地问："什么'别总是自己吓唬自己'？"

母亲说："生活中，有的人面对自己遇到的困难和问题，常常是悲天悯人、束手无策，以为不得了了，没有出路了。其实，仔细地想一想，再坚持下去，就有可能峰回路转、柳暗花明。孩子，你还记得吗？那年，你参加省数学竞赛，你在家里不停地唠叨，说你如果考不好，就会给学校和同学丢脸。看到你胆战心惊的样子，我说了句，怕什么？还没考就吓成这样？结果，你取得了优异成绩，数学竞赛并不是你想象的那么可怕。你再瞧瞧人家邻居小虎，他天生是个愚型儿，几乎没有上过一天学，可是，他硬是凭着坚强的毅力在家自学，终于成为了一名自由撰稿人，靠稿费养活自己，这是多么不容易的事。面对人生的困难和挫折，别总是自己吓唬自己！对自己充满自信和信心，结局也许并不是你想象的那么可怕。"

母亲语重心长的一番话，让我焦躁不安的心稍稍平静下来。我一遍遍地问自己，我真的是在自己吓唬自己吗？

每天，我依然出去找工作，希望依然很渺茫，总是得到"回去等消息"这句话，然后就再也没有了消息。每次回到家，母亲依然做着可口的饭菜等着我，她从不过问我找工作的情况，只是说些家长里短那些陈谷子烂芝麻的事，好像她对我找工作一点也不着急。

日子一天一天地过去了，不知不觉半年过去了。一天，我突然接到一个电话，原来，是一家外资企业打来的，他们通知我过几天就去上班。仿佛平静的湖水被投进了一枚石子，顷刻间，掀起了巨大的波澜。我手里拿着电话，好久没有放下来，我激动得似乎忘记了周遭的一切……

我在这家公司干得很舒心，岗位很适合我所学的专业。我的工作经验在一天天地积累，业务越来越熟悉，并很快能独当一面。尽管我也遇到许多困难，有时那些困难像大山一样压过来，让我有些不知所措，但我不再惊慌失措、无所适从，我始终记着母亲说过的那句话，别总是自己吓唬自己！

当我不再自己吓唬自己，我开始变得冷静、客观起来，人生的路，再一步步地走下去，尽管依然崎岖、坎坷，但我走得格外坚强、勇敢，我看到远方的明媚和诗。

脱了蟹壳才有肉

孩提时，记得我第一次吃螃蟹。母亲将螃蟹烧熟后端到桌子上，我看到那些泛着金色光芒的螃蟹，身子硬邦邦、坑坑洼洼的，还张牙舞爪地伸出坚硬的细胳膊细腿。我兴味索然地说："这螃蟹一点肉也没有，肯定不好吃。"

母亲拿起一只螃蟹，对我说："螃蟹外观看起来很清瘦，看不到肉，只是因为它有一个坚硬的外壳，只有脱了蟹壳才有肉。"母亲说罢，剥开一只螃蟹的外壳，里面果然有一层厚厚的嫩肉；咬开那些细胳膊细腿，里面也有一条白嫩嫩的肉条，上面一点刺也没有。将蟹肉蘸上醋，放进嘴里，顿觉味美鲜嫩，余香绵绵。我不禁连声说："真好吃！"

从此，每当到了丹桂飘香的季节，我就嚷着叫母亲给我买螃蟹吃。母亲每次将烧好的螃蟹端上桌，总是对我说道，脱了蟹壳才有肉。

渐渐地，我吃螃蟹越来越有经验了，脱壳吃肉，一气呵成。

上学了，我认识了许多同学，许多人成了我的好朋友。但有一个绰号叫"调皮大王"的同学，我很瞧不起他，觉得他不好好学习，只会调皮捣蛋。我常对母亲说起"调皮大王"，语气里满是轻蔑和不屑。

母亲听了，皱了皱眉头，说道，脱了蟹壳才有肉。一个人不能只看他表面，他内在的东西才是最重要的。

母亲淡淡一句话，让我一下子愣住了。心想，一个人也有一层坚硬的蟹壳吗？

一天放学，"调皮大王"斜挎着书包，和几个同学正在路上嘻嘻哈哈走着。突然，他闪电般冲到前面去，将前面一个女学生用力推到一边。刹那间，一辆小车擦着"调皮大王"的身子开了过去。好险啊，如果不是"调皮大王"将那个女学生用力推到一边，女学生一定会被那辆小车撞倒。

女学生惊愕了好一会儿，才明白过来。她眼含泪花走到"调皮大王"跟前，不停地说着感激的话，还轻轻地拥抱了他。

我惊讶地发现，平时总是一副玩世不恭样子的"调皮大王"，此刻竟面带羞涩，局促不安起来，像个小姑娘。

从此，"调皮大王"像变了个人似的，不再调皮捣蛋了，他学习刻苦，还经常帮同学做好事，后来，他还考上了一所名牌大学。

工作后，一次回家看望母亲，母亲问起我的工作情况。我说单位里的一个老科长好像对我有看法，处处为难我，不停地叫我干这干那，真不是个东西。

母亲静静地听着，当她听到我的语气里满是牢骚和怨言，淡淡地问了我一句："你脱下他的蟹壳了吗？"

我听了一愣，好熟悉的一句话啊。孩提吃螃蟹时，母亲对我说的那句话，又在耳旁响起。母亲又说："你还记得你小时候上学，你们班上的那个'调皮大王'吗？当别的同学遇到危险，是他挺身而出，救了人家小姑娘。如果当时是你，你能像'调皮大王'一样挺身而出吗？"

母亲的一席话，说得我耳根子发热、脸发烫，心里像十五只吊桶打水——七上八下。

后来，老科长要退休了，我被提拔为科长。老科长告别时，握着我的手，深情地说道，年轻人，当初我对你严厉，给你压担子，甚至有点不近人情，就是想让你早点成熟起来，现在我的这个目的达到了。

那一刻，我不禁五味杂陈，眼睛里闪烁着激动的泪花。原来当初老科长对我严厉有加，是想让我早点成熟起来，独当一面啊。当脱下他的蟹壳，我才看清了他柔软的内心。

感谢母亲，教会了我待人处事的一个基本道理。永远不要轻易地去评论一个人，哪怕那个人对你很不友好。当脱下他的蟹壳，也许看到的会是另一种灿烂和锦绣。

总有一种疼痛的状态

一

身体一向十分硬朗的我，从来没有什么地方感到不适，可是前几天一觉醒来，竟发现左手小指头突然疼痛起来。我感到很奇怪，用手摸摸，也没发现有什么红肿。就这小指头不起眼的疼痛，每天穿衣、刷牙、洗脸、吃饭都感到很碍事，小指头只好僵硬地跷着。

几天下来，这种疼痛还是不见怎么好转，于是到医院去看医生。

医生检查后说："没有什么毛病，这是一种生理中自然出现的疼痛状态，过几天就会自然好了。"

我听了，感到很疑惑，问道："什么叫自然出现的疼痛状态？"

医生笑道："在我们每个人的身体中，有时总会出现一种疼痛状态，这种疼痛，是一种身体机能的自然反应。某些时候，出现一种疼痛状态反而是一种好事，它找到了一种发泄窗口，有利于身体其他机能的调节和生长。没有疼痛状态，反而不是一件好事。"

医生的一番话，如吹来的一缕和煦的春风，让我一颗心顿时如花儿般开放起来，如释重负地离开了医院。

果然，没打针，没吃药，过了几天，那根小指头的疼痛状态自行消失了。我不禁哑然失笑，原来，有时疼痛并不可怕，它不仅是一种身体机能的自然反应，而且还有利于身体其他机能的生长和发育。

二

在家乡皖南山区，有一种树木，这种树木俗名叫"乔木"。这种树木生长很特别，每年到了夏季，山民们都要用砍刀在这些树干上砍上几刀，留下一道道条状的砍痕。砍痕处渗出点点浆汁，像树的眼泪。

看了这种情况，我感到很疑惑。问父亲："为什么要用刀在这些树干上砍上几刀，树被砍了几刀，不是很疼吗？"

父亲告诉我，用刀在这些树上砍上几道痕迹，让这树有一种疼痛感，反而有利于它的生长。如果就让它在那养尊处优地生长，反而长不出坚固耐用的板材。

原来是这么回事，我心里的疑团顿时云消雾散。父亲说罢，递给我一把砍刀，说："去，在那些树干上砍上几刀，让它们更加茁壮地生长和发育。"

不一会儿，寂静的山林里，传来"啪、啪、啪"的声音，那声音，清脆悦耳，仿佛是树木生长发出的欢笑声。

三

大姨曾是一大家闺秀，过着锦衣玉食的生活。后来她嫁给了留洋归来的大伯，两人浓情相爱，琴瑟和谐。

没想到，"文革"中，大伯被打倒了。她本有机会离开大伯，去过一种平静，甚至很幸福的生活。但是，她没有，而是义无反顾地留了下来，留在了大伯的身边。她和大伯一起挨批斗，一起住牛棚，一起下放劳动。

粉碎"四人帮"后，有人找到大姨，向她了解"文革"中，都是哪些人对大伯和她进行迫害的。

"文革"中，大姨随大伯一起下放到边远的农村劳动。这对于从没有干过农活的大姨来说，是何等痛苦，她的心灵和肉体都受到了严重的伤害。幸好，有热情、善良的乡亲们帮助，她和大伯才走过了那段艰难岁月。

大姨眺望着遥远的天际，目光中充满了柔情，只听到她喃喃地说道："不要调查了，如果我告诉了你们是哪些人，他们的人生也会遭受到同样的疼痛，这不公平。相反，我经历了'文革'中那种疼痛，我对人生、对未来更加充满了必胜的信心和勇气。"

所有的疼痛，在大姨的心里，早已云淡风轻了，留在她心底里，却是人间最宝贵的东西：温暖和爱。

疼痛不可怕，它常常是人生不可逃避的一种经历和过程。可怕的是在疼痛中迷失了继续生活下去的信心和力量。

向弱者低头

1798年，拿破仑率领远征军开始对埃及大举进攻。远征军一路所向披靡，势如破竹。在西奈半岛，远征军包围了一座名叫沙姆沙赫的小城。小城居民纷纷拿起大刀、长矛，站在小城城墙上，他们同仇敌忾，要与来犯之敌进行一场殊死搏斗，与小城共存亡。

拿破仑横刀策马率军来到城下，他正要命令士兵进攻，忽然，他发现站在他们前面的是一群妇女和儿童，有的怀里还抱着婴儿。面对他率领的

20万大军，他们毫不胆怯，怒目而视，准备迎战来犯之敌。

拿破仑知道，此时此刻，他只要将手中的战刀一挥，他率领的千军万马将以摧枯拉朽之势，轻易夺取小城，为远征军扫清前进中的障碍。

这时，令人不可思议的一幕发生了。拿破仑缓缓放下战刀，命令部队后撤，绕过小城，另取道前进。

手下的大将非常不解，这么好的攻城机会，怎么放弃了？要知道，如果另取道前进，遇到联军阻击，部队将会造成很大的伤亡，甚至会惨遭失败。

面对将士们不解的神色，拿破仑喃喃地说："守卫小城的都是一些妇女和儿童，他们是弱者。向弱者低头，才是真正的士兵。"

说罢，拿破仑跳下战马，向守城的妇女和儿童深深地鞠了一躬，说："你们胜利了，我向你们表示敬意。"

看着撤退的拿破仑士兵，守城的妇女和儿童高声欢呼着胜利，那胜利的欢呼声传出很远、很远……

父亲常常跟我讲这样一个故事。他年轻时，村子里有两个年轻的后生跟一个老木匠学手艺。那时，学会一门木工手艺，将来就会有口饭吃，还能娶个好媳妇，这是村子里许多年轻人的梦想。

这两个后生一个人高马大，一个身材瘦弱。老木匠教两个后生学手艺，那个人高马大的后生学起来很轻松，锯、刨、凿、钉，轻松自如。那个身材瘦弱的后生学起来吃力多了，每天都完不成师父交给的任务。

师父说了，你们两个徒弟到时只能有一个出师，另一个将出不了师。

身材瘦弱的徒弟心里很难过，他想，照这样下去，他肯定出不了师。人高马大的师兄拍了拍他肩膀说："兄弟，别担心，你一定会出师的！"

身材瘦弱的徒弟听了，感到很疑惑，心想，你这是在看我笑话呢！

过了几天，人高马大的师兄竟不辞而别，他留下一封信，信中说："师父，请原谅，我到外面去寻找生计了，您专心教导师弟吧。"

那一刻，身材瘦弱的徒弟全明白了，师兄这是给自己留一条出路，让自己不再担心和恐慌。

父亲每次讲这个故事时，眼睛里总是噙满了泪水。他深情地说："我有木工手艺，全是那位师兄当年成全了我。"从此我知道，人生中，有一种高大和挺立，那就是向弱者低头。低头不是孱弱和胆怯，而是让弱者抬起高贵的头颅。这是人性的光芒和灿烂，它就像是黑暗中的闪电，永远闪烁着璀璨的光芒。

生活不是林黛玉

大学毕业后，我在一家公司找到一份工作。工作落实了，全家人心里的一颗石头也落了地。刚刚和几个票友从公园里回来的母亲，听到这个消息敲起了手中的小锣，欣喜地说："这下好了！有了工作，就有了饭碗了，有了饭碗，你自己可以养活自己了，也了却了当妈的一个心愿了。"

锣声绕梁，余音袅袅。我豪情满怀地说："妈，您放心吧，用不了多久，我就会干出一番事业来，我还要在城里买一套房，到时把您接到城里去住。"

母亲用手捂住小锣，走到我跟前，帮我理了理衣襟，笑着说："孩子，你这份孝心我领了，我不需要你给我带来什么福气，我只是希望你能踏踏实实、平平安安生活就行了。"

我心里暗暗发笑，心想："妈，您真是小瞧我了，就凭我的能力和才干，不愁没有大显身手的时候，等我干出了一番事业，您的小锣就会敲得更响了。"

工作了一段时间，我回家看望母亲。母亲看到我回家了，欣喜地接过我手里的包裹。母亲一边递给我一根刚洗净的黄瓜，一边关切地询问我的工作生活情况。

我重重地叹了一口气，回答道："一点意思也没有，那个老板是个吝啬鬼，一个月就给那点钱，还不停地让人加班加点；同事之间关系也很复杂，明争暗斗的，活得真累，我都不想干了。"

母亲听了，淡淡地说："生活不是林黛玉，学会看见生活中的明媚和锦绣，这比什么都重要。"

我听了，疑惑不解地问道，什么"生活不是林黛玉"？

母亲面孔变得认真起来，她一字一句地说："林黛玉是京剧《黛玉葬花》中的人物，小说《红楼梦》想必你也看过。林黛玉在生活中总有寄人篱下的感觉，待人处事始终是'步步留心，时时在意'，如此这般，可还是过得满面愁容，从来没有感觉到有什么幸福和快乐可言。"

说罢，母亲还来了一段林黛玉唱腔："两弯似蹙非蹙笼烟眉，一双似喜非喜含情目。"那一招一式，字正腔圆，仿佛还真有舞台上林黛玉那个韵味。

我忍俊不禁道："妈，您真不愧是一个京剧迷，被您这么一说一唱，真的有种出神入化的意境。"

母亲说："生活中，林黛玉正是'步步留心，时时在意'，所以才有'才下眉头，却上心头'，如此这般心境，她怎能不活得悲怆、活得潦草。你要跳出林黛玉生活的窠臼，活出一个崭新的自我，这才是一种智慧和聪明。"

母亲的一番话，让我郁积在心中的阴影渐渐散开了。离开家时，母亲将我送出屋外。看着我就要走了，母亲忽然来了一个亮腔，然后唱道："人说道，大观园，四季如春/我眼中，却只是一座愁城/看风过后，落红成阵……"

那优美的唱腔在我耳旁久久回响，我仿佛看见母亲那颗慈善和牵挂的心……

生活还是照旧，一点没有改变。老板依然吝啬，冷若冰霜；同事之间，竞争依然很激烈，暗地里似乎都较着劲儿，谁也不甘落后，生怕被老板炒了鱿鱼。面对此情此景，我忧从心起，我真的想转身走人，但母亲那句话又在耳旁响起。生活不是林黛玉，生活就是生活，它需要你以积极、乐观的心情去对待。

没想到，心态一变，生活的色彩全变了。我一扫心中以往的阴霾，变得热情、开朗起来。我渐渐地看见，老板的脸上露出的微笑；我看见，同事们脸上露出的真诚和善意的笑脸；我看见，公司里的一花一草也在冲我笑呢……

年度考核，我的评语栏中这样写道：该同志热情、开朗，工作上始终充满着一种积极和乐观的心态，大家与其共事，感到了一种快乐，这种快乐像一朵盛开的花，芬芳馥郁，沁人心脾……

很久没有给母亲写过信了。我找出笔和信纸给母亲写了一封信，信中写道："妈妈，您说得对，生活不是林黛玉。无论在哪里，都需要一种积极、乐观的心态。心态一变，生活的色彩就变了。我看见，云彩在冲我微笑、花草在冲我微笑，就连空气都散发出醉人的馨香。也许我永远不能实现给您买房的梦想，甚至我自己买房都难以实现。但我知道了，大观园中，还有许多风景在等待我去欣赏，何必辜负了这满园春色？"

时光深处的自闭

遇见多年没见面的一位老同学，一见面，那个人就大声惊呼道："是你呀，我一直记得你呢，那年你上小学四年级，给班上的一个女生写情书，被老师知道了，还在班上做了检查呢！"

我听了一愣，已是人到中年的我正和妻子走在一起，听了这句话，脸立刻红了，我有些尴尬地说道："那是发生在年少懵懂时代的事，那件事我早就忘了，没想到你还记得这么清楚。"

那人更加喜形于色地说道："我当然记得啦！那个女孩子叫范小丽，扎着两根小辫子，一笑还有两个小酒窝儿！"那人边说还边比画着。

妻子用手拽了拽我的衣袖，示意我赶紧走开。我心领神会，说道："我先走了，我还有点事！"

那人言不尽意地说道："有时间我约你，下次我们老同学在一起好好叙叙，另外，我还有范小丽的联系方式，下次我喊她一起来。"

我听了，更加尴尬，脚步有些踉跄和错乱。走出很远，还听到那人喊道："记得啊，下次我约你！"

一路上，我和妻子变得沉默了。过了很长时间，还是妻子打破了沉默。妻子说道："那人真有意思，说起那个遥远的过往，让人仿佛被什么东西深深地刺痛了。其实，我们每个人在时光深处都有一个自闭，不仅自己不要去打开，别人更不要替当事人打开。让那时光自闭，也是一种文明和进步。"

妻子的一席话，说得我眼睛有些潮湿，我轻轻揽过妻子的肩膀，心中溢满了柔软……

父亲已是90高龄的老人了，依然思维清晰，精神矍铄。一次，和父亲谈心，我回想起自己30多年前，刚参加工作时，因年轻单纯，在工作中造成了一次失误，在自己心理上造成很大的阴影的事。

父亲刚听到这儿，立刻用手打断了我的话，他淡淡地说道："时光已过去那么多年了，那件事就不要再说了，就让它埋藏在心里自闭起来。我们每一个人时光深处都有一个自闭，我也有许多时光深处的自闭，我从来没有说给你们听过，甚至想也不去想。自闭，是为了更好地向前走，看见更加灿烂的旭日阳光。"

父亲淡淡的一句话，在我心里激起层层涟漪，像盛开了一朵鲜艳的花，芬芳馥郁。是啊，时光深处的那一抹阴影，每回想一次、每说出一回，都是一种沉痛和沮丧，让那一抹阴影自闭起来，不再打开，对自己不也是一种解放吗？

我有些感动地握住父亲的手。父亲这只手，依然是那么有力、那么温暖……

儿子从大学回来，晚上，一家人在饭桌上吃饭。儿子忽然像想起了什么，端起了酒杯，说道："爸爸，我小时候上学让您操了很多心，特别是一次我逃学，和几个同学进了游戏厅。妈妈找不着我，急得赶紧告诉了您。您得知我失踪了，在出差途中，立刻调转头往家里赶。当天深夜，您在游戏厅找到了我，看到我还沉醉在游戏中，什么话也没说，只是默默地站在我身后。当我发现您站在我身后时，我一下子懵了，不知如何是好。没想到，您什么也没说，只是弯腰拾起地上的书包，轻轻地说了句：'孩子，天很晚了，我们回家吧！'我起身，默默地跟在您身后。大街上，行人已很稀少，只有我们父子俩一前一后走着，偶尔有车辆闪着灯光，从身旁一闪而过。那晚的经历，在我心里留下了深刻的印记，从此，我再也没有走进过游戏厅，您那无声的语言，像一条皮鞭，狠狠地抽打在我心里……"

我打断了儿子一番动情的话语，笑着说道："你小时候发生过那样的事吗？我怎么一点也不记得了。时光深处，我们都曾有过一抹阴影，就让它自闭吧！不要再让那阴影透进亮光来，这会使自己活得更加轻松、亮丽些。你爷爷曾对我说过这样一句话：'时光深处的自闭，是为了更好地向前走，看见更加灿烂的旭日阳光。'"

儿子听了，仿佛触动了他内心里的一丝柔软，端酒杯的手有些颤抖，眼圈一下子红了……

进一寸有一寸的欢喜

　　转眼，母亲退休已有30多年了。20世纪80年代初，母亲刚退休时，才拿35块钱，其中5块钱属于副食补贴。这35块退休工资，母亲一直拿了十几年，几乎从来没有涨过。可是，就是靠这微薄的退休工资，母亲却将生活安排得井井有条，生活中，充满了欢乐和喜悦。

　　每月到了发工资那一天，母亲就像是过节似的，穿得干干净净，挎着个小包，到银行拿退休金去了。拿好退休金，母亲一定会上菜市场，买几样好吃的菜改善下全家人的生活。

　　令人惊讶的是，就是靠这点微薄的退休金，在20世纪80年代,母亲还将我们兄弟俩的婚事给办了，这不能不说是个奇迹。

　　这些年，母亲的退休金每年都在增加，每增加一点，母亲都开心得不得了，又是向我们子女报喜，又是向老家亲戚讲述，遇到左邻右舍，母亲又开心地说起她退休金增加的事。

　　我很不解，常常不耐烦地说："增加这几个钱有什么可高兴的？不够人家在饭店撮一顿的。"

　　母亲听了，一脸严肃地说："怎么能这样比？这样比下去，你会走不动路的。我只跟我自己比，我只感到我的生活一年比一年好，一月比一月好，一天比一天好，这叫进一寸有一寸的欢喜。"

　　我疑惑地问："什么叫进一寸有一寸的欢喜？"

　　母亲笑道："就是说人要看到生活中一点一滴的变化，哪怕只有一寸微小的变化，对自己来说，也是一种喜悦。总能看到生活中那些微小的变化，也是一种生活的态度。"

　　母亲的一席话，让我眼前瞬间变得明媚和灿烂起来，心中溢满了小小的幸福和甜蜜。

那天回家看望母亲。只见母亲手里拿着几根小葱，兴冲冲地一颠一颠从外面往家里走来。那几根小葱在母亲手里轻轻摇曳着，它们扭动着纤细的腰身，好像在互相搔首弄姿，顾盼生辉。

听到我的喊声，母亲停下脚步，向我扬起了她手中的那几根葱，喜滋滋地说道："孩子，刚才我买了3毛钱的小葱，我数了数，发现有5根小葱，比过去多了一根，我真高兴啊！"

那一刻，我看到母亲笑得多舒心啊，好像连眉毛都在笑哩。那笑容，也深深地感染了我，我心里好像溢满了甜蜜，被深深地感动着……

灯下看书，看到一则访谈内容。有学生问央视著名主持人柴静，你幸福吗？

柴静没有直接回答，而是非常智慧地引用了胡适的一句话，怕什么真理无穷，进一寸有一寸的欢喜。

那一刻，我心里猛地一颤。这句话是那么熟悉、那么亲切。原来母亲一直在用她的切身体验，为儿女们传授着生活中那进一寸有一寸的欢喜的感恩和爱。

标准答案

一道小学一年级的语文阅读题，素材是孔融让梨的故事。题目是："如果你是孔融，你会怎么办？"

一个学生答道："我不会让梨。"

结果，被老师打了一个大大的叉。孩子的父亲感到很困惑，觉得孩子这个问题没有回答错，怎么打了个叉？于是，他找到了老师。老师听了家长的疑问，笑着将标准答案给他看。

他看到，标准答案是：让梨。

一张小学生二年级试卷上有这样一道题目：雪融化以后是什么？

有个小学生答道：雪融化后是春天。

结果，被老师打了个大大的叉。因为标准答案是：水。

有个小学生在"三个臭皮匠"后面填空：臭味都一样！老师打了个大大的叉；有个小学生在"天生我材必有用"后面填空：老鼠儿子会打洞！老师又是一个大大的叉；有个小学生在"竹篮打水"后面填空：一篮水！老师又是一个大大的叉……

因为在这些题后面都有一个标准答案，只要与这个标准答案不符，一律会打叉，别无选择。我们就是这样一代一代"被标准"地考过来的，我们都知道每道试题后面有一个标准答案，我们回答都应该是一个腔调，一个模样，千人一面，别无选择。

有个小学老师对我说了这样一件事。她说："有一次，有个小学生在一道填空题上写道：绿色的月光，照在小树林里。我觉得这个小学生很有想象力和观察力，就给这道题打了个大大的钩。"

这个小学生的家长在检查作业时，发现了我批改的这道题，认为我这是在误人子弟，月光怎么会是绿色的？家长找到校长反映，校长问我这道题的标准答案是什么，我说是银白色的月光，照在小树林里。

校长说，你怎么不按标准答案改呢？你这不是在误人子弟吗？

为此，校长叫我在全校教师大会上做了深刻检查，并扣发了三个月的奖金。

这位小学老师脸上露出痛苦和无奈的神色，她沮丧地说："我们的教育总是有一个标准答案，在这个标准答案中，我们的孩子思想被禁锢在一个框子里，无法跳出。我们的老师也只能在这样一个框子里去教孩子，因为我们无法跳出固有的教学大纲。"

　　这位老师不无感慨地说道，在以色列，几乎所有的老师和家长都会对孩子们说这样一句话，孩子，生活中，有一种没有形态、没有颜色、没有气味的宝贝，那就是智慧。智慧永远没有一个标准答案，在你充满美丽的想象中，你会感到你的思想如天空般宽广、无垠。如果你说太阳的颜色，除了红色，还有黑色、绿色、白色……那么，我要说，我可爱的孩子，你一定会成为下一个诺贝尔奖得主。

　　以色列人虽然只占全球人口的0.23%，但是却有121位以色列人获得过诺贝尔奖，比例高达18.5%，获奖人数高居世界各国之首。这就是一个"没有标准答案"的国度所产生的神奇效果。

第五辑

暗室微光

扇动的翅膀从脸上轻轻擦过

母亲在院子里搓洗着衣裳，空气中弥漫着淡淡的清香，水泥地上湿了一片，像画上了地图。我从外面回到家，推开院门，一脚将院子里的一只小凳子踢翻，发出了很大的响声，吓得几只鸡乱飞起来，并发出尖厉的叫声。

母亲诧异地抬起头望着我，满脸疑惑地问："怎么，一到家就想发火，好像心情不太好？"

我阴沉着脸，郁闷地说："村头王嫂太不自觉了，刚才将一盆水泼洒到她家门口的小巷里，我从那走，鞋子上都沾上了烂泥，这种人太没有素质了。我边说边将脚上的鞋脱下，让母亲拿一双干净的鞋来。"

母亲没有应答，只是用手在额前轻轻挥动了几下，好像在驱赶着什么。我疑惑地问："妈，您怎么啦？"

母亲淡淡地回答："刚才有一只蝴蝶从我面前飞过，它的翅膀从我脸上轻轻擦过。"

我问道："一只蝴蝶？我怎么没有看见？"

母亲回答道："你没看见，我也没看见，不过我感觉到有蝴蝶扇动的翅膀从我脸上轻轻擦过，那从脸上擦过的翅膀真让人不舒服。"

我对母亲的举动感到很可笑，我在说王嫂，她却在驱赶那只看不见的蝴蝶，真让人哭笑不得。

我又在数落着王嫂，母亲又在额前轻轻挥动了几下，好像又在驱赶

着什么。我停下话，母亲就停止了驱赶。如此反复几下，我感到很不可思议，问道："妈，您这是怎么啦？"

母亲似乎看出我的疑惑，对我说道："你刚才说的话就是那只蝴蝶的翅膀，是你那只翅膀从我脸上轻轻擦过。"

我扑哧一下笑出声来，说："妈，您说话可真逗，我怎么成了蝴蝶的翅膀了？"

母亲看着我，严肃地说："生活中，我们不应该总是要求别人去做什么，而应该认真地反省我们应该去做什么。王嫂将水泼洒到门口，使你鞋上沾上了烂泥，当时你脸上的表情一定很难看。如果王嫂看到了，那一刻，她的心里也一定郁闷。而你回来后，不停地数落着王嫂，那口气好像要把王嫂吃掉，你的这种表情和言语，和王嫂泼水的性质没有什么两样。"

母亲的一席话吓了我一大跳。我的表情和言语怎么会和王嫂泼水一个样？我带着哭腔说道："妈，您说的这是什么话呀？"

母亲放下手中的衣裳，理了理额前的发丝，说："你不要总是看不惯别人的行为，如果因为别人的行为给你造成了不便，你不应把怒火发泄到别的地方去，你的这种恶劣的情绪，对别人同样是一种伤害，你所要做的就是踏踏实实走自己的路，如果因为你的良好习惯潜移默化给别人带来一些影响，这也是一种进步。"

母亲的一番话，像一缕柔和的春风，吹进我郁闷的心灵，沁人心脾。是啊，生活中，我似乎总是有许多地方看不惯，于是常常牢骚满腹、怨声载道，有时莫名其妙地就会发一顿牢骚，让人避之不及。就像母亲说的，我就像扇动着翅膀，在人家脸上轻轻擦过。这不仅不公平，对别人也是一种伤害。

母亲的话，在我耳旁久久回荡着。停顿了片刻，我拿起一把铁铲转身走出门去了。

母亲在后面喊道："儿子，你到哪里去？"

我头也不回地回答道："我将王嫂家的屋前培点新土。"

暗室微光

十五六岁的时候，母亲领着我，给我介绍了个照相师父，让我跟他学摄影，好让我学个技术，将来能有口饭吃。

照相师父是村子里的一个能人，他会照相，在县城开了一家照相馆。在村民的眼里，他很了不起，许多人想跟他学照相，他都不收。他能收下我当学徒，我一下子成了村子里许多年轻后生十分羡慕的人。

师父拿出一架120海鸥照相机说："学摄影，首先要学会摄影的基本技能，例如，光圈、焦距、速度、采光，等等。最后，还要学会在暗室里冲洗胶卷。在暗室里冲洗胶卷技术要求很高，例如，影粉的配比、胶片浸泡的时间等，都要恰到好处，稍有闪失，就会使照片的质量出现问题。"

一段时间后，师父看我学得还挺精明，就决定开始教我冲洗胶卷，这也是我十分迫切和激动的事。冲洗胶卷的那间暗室，在我心里充满了神秘感。师父从不让我进那间暗室，他一个人在那暗室里不知怎么捣鼓的，竟然将照片洗了出来。

师父领我进了漆黑一团的暗室里。暗室四周密不透风，一点亮光也没有，只听到师父在黑暗处发出的声音。我感到压抑得透不过来气，一会儿，就满头大汗了。

师父在伸手不见五指的暗室里，熟练地边冲洗着胶卷，边向我耐心讲解着。我问师父，为什么冲洗胶卷不能有亮光？

师父说："在冲洗胶卷的时候，如果有一点亮光，哪怕只有萤火虫那么一点亮光，这底片就会立刻曝光，再也洗不出照片了，想弥补过失也不可能了。一次成影，一次曝光，就是这个道理。"

我伸了伸舌头，对在暗室里冲洗胶卷，更加充满了一种神圣感。在暗室里忙了一会儿，我想出去透下气，就悄悄地将门拉开一条缝，正要闪身出去，忽然听到师父一声断喝："谁叫你把门打开的？你看，这些胶卷全曝光了！"

我惊讶万分："就这点光亮，胶卷也能曝光？"

师父严厉地说："在暗室里冲洗胶卷，一灯可破。千万不能轻视这一灯的光亮，在暗室里，这点光亮，对底片来说，就是一道闪电，能将胶卷上的影像，全部曝光得一无所有。"

因我的鲁莽和轻率，那次冲洗胶卷的底片全部曝光。这次暗室曝光事故，在我心里留下了很深的阴影，那门缝里透进来的一灯可破的亮光，在我脑海里时时浮现，挥之不去……

后来，我离开照相馆，另谋生路去了。师父送我出门时，语重心长地告诫道："孩子，你今后的路还很长，要永远记住暗室里那一灯可破的亮光。人生中有时看似一片黑暗，但有时只是一句提醒、一个问候、一声招呼，就像一灯可破的亮光，照亮你的人生。"

师父的一席话，让我大吃一惊。我一直为那次在暗室里底片曝光的事故而内疚，没想到，师父却能从那丝亮光中，说出了另一番新意，一下子让我感动莫名。原来，黑暗里突然透进来的一丝亮光，并不是失意，还有信心和力量。

我记住了师父的话。那一灯可破的亮光，在我心里闪烁着无比璀璨的光芒，一直照耀着我前进的路，从没熄灭。

别去消费别人

吃晚饭时，我喜形于色地向妻子说了一个"新闻"："我们单位的小丽，半年前，嫁给了一个'富二代'，听说那'富二代'的父母是做房地产生意的，家里可有钱啦。小丽的婚礼，办得隆重、热烈，场面很气派。婚礼上，那一枚钻戒就80多万，令人咋舌。可这场宏大婚礼在大家脑海里还没有被淡忘，就传来她与那个'富二代'的婚姻走到尽头的消息。大家得知这一消息，心里都有一种幸灾乐祸的兴奋，背后都在拿这件事悄悄说笑呢。"

妻子听我在那眉飞色舞诉说："脸色渐渐地黯淡了下来，她皱着眉头，冷冷地说了句，别去消费别人，每一个人都有每一个人的生活和道路，别人不是用来消费的。"

本想在餐桌上提供一个谈论的笑料，没想到竟被妻子冷落，还受到委婉的批评，那一刻，气氛一下子显得很尴尬。我默默无语地低着头吃饭，心里却在一遍遍地回味着妻子刚才说的话。

我忽然感到，生活中，我们都常常有这样一个嗜好，消费别人，特别是拿别人不幸和落难时的窘境来消费，以此来达到一种心理平衡和亢奋。消费别人，成为我们生活中的最大消费。这种消费，不需要花大价钱，只需凭自己的三寸之舌，去津津乐道，添油加醋，就可以达到某种心理快感和满足。这种感觉，真的比吃了蜜还甜。

结婚20多年来，妻子很少拿别人的不幸和困厄来说笑，更不会在别人耳边窃窃私语，故作神秘状。别人常常这样说她："嘴稳"这样想来，从一定意义上讲，就是不去轻易地消费别人。敬畏别人的人生和选择，从某种意义上讲，也是对自己人生和选择的一种尊重。谁都有落魄的时候，人生不可能永远是映日荷花别样红。无边落木萧萧下的景象，说不定哪天也会落到自己的头上。妻子的理性和感知，使她始终呈现出一种淡定和平和，这种淡定和平和，散发出一种独特的人格魅力与气质。

感谢妻子的及时提醒，她让我知道了"消费别人"，也是一种陈

规陋习。别人不是用来消费的，消费别人，其实也是看轻了自己的人生，使自己变得苍白和无力。不去消费别人，也是一种人格尊严和道德底线。

因为里面没有人

父亲80多岁了，得了老年痴呆症，什么人都不认识了，什么东西都不记得了。但他每天最喜欢干的一件事，就是坐在电视机前，观看儿孙们给她买的各种《动物世界》碟片。一看到电视里的那些动物，他就目不转睛地盯着屏幕，有时笑得合不拢嘴，有时还手舞足蹈起来。动物世界的故事，父亲似乎很清楚，看着《动物世界》，他似乎也成了动物世界里面的一员，他活在了动物的世界中了。离开了《动物世界》，他似乎又糊涂了，世界在他眼里又变得混沌起来。

有时忘了给他开电视看《动物世界》，父亲就急得指着电视机哇哇直叫。等把电视机打开，看到了那些动物，他才又安静下来，脸上露出幸福的笑容，沉浸在动物的世界里。

我一直不明白，父亲得了老年痴呆症，什么人都不认识了，就连我这个他曾经最喜欢的小儿子也不认识了，可为什么他还喜欢看《动物世界》？为什么还记得各种动物？在动物世界里，父亲好像又变清醒了，一点也不痴呆，甚至比常人更清醒。看着他那清澈的眼神、明媚的笑容，我心里充满了疑惑。

去医院问医生是怎么回事，医生听了，眼睛里露出惊喜的光芒，他说，我无法从医学角度上去解释，但我想说的是，《动物世界》对治疗他的老年痴呆症，具有重要疗效，就让他活在动物的世界里吧。

末了，医生又喃喃自语道，其实，我也喜欢看《动物世界》。

我听了，心里猛地一震，医生不经意的一句话，似乎也说到了我心里去了。

一天，看到崔永元在他的微博里说了这么一句话：看了很多年《动物世界》，还是喜欢看，仔细想想，可能是因为里面没有人。

那一刻，我似乎找到了答案。

那个没有混出人样的人

一家有兄弟4个，在父母的眼里，4个孩子，有3个孩子都混出了个人样，只有老大没有混出个人样。父母很少对人提起老大，提起其他3个孩子，父母眼里总是闪现出幸福的光芒，仿佛看到远处一道绚丽的美景。

看到人家露出羡慕的神色，并发出啧啧赞叹声，父母脸上就会露出更加灿烂的笑容。那笑容，好像格外清澈、明媚。

兄弟3人，都在城里有着体面的工作和身份，只有老大还一直在乡下。据说老大小时候学习一直很好，由于家贫，看到父母压力大，他小学一毕业就辍学了。从此，开始帮父母上山打柴、种田，什么样的农活都干。

那个头发花白的教书老先生，得知老大不上学了，心急如焚，他连夜赶了过来，对老大说："孩子，你学习很有天赋，继续学下去，将来一定会有一个好的前途啊！"

老大眼里滚动着一丝泪花，说道："谢谢您！家里负担太重，几个弟弟还小，我是老大，要为这个家做出点牺牲啊！"

老先生听了，不停地摇头、叹息。

他很能干，小小年纪，就像个男子汉了。他的那双手，渐渐长满了老茧，脸上有了种与他年龄不相称的沧桑和忧愁。不过，看到弟弟们学习都很好，每学期都能拿奖状回来，他的心里像盛满了蜜。

他一年四季穿着老粗布衣服，像他的皮肤，粗糙、黯淡。才十五六岁，他就已成了家里重要的劳动力。他的话开始越来越少，有时看到弟弟们在灯下认真看书，他投过去深深的一瞥，那目光，满是留念和向往。

时间一天一天地过去了，兄弟3人先后都考上了大学，离开了乡村，在城市里安家落户。他们的日子越过越好，越来越体面，用他们父母的话来说，他们是混得越来越像个人样，只有老大混得不像个人样，丢了他们家祖宗的脸。

他们将父母接到各自家里，父母看到他们的生活过得比蜜还甜，笑得合不拢嘴。不经意地提到老大，父母不禁又唉声叹气起来，说他还住在老屋里，40多岁的人了，到现在还娶不上媳妇，只知道砍柴、种田，一分钱也舍不得花，混不出个人样来。

兄弟们轻轻地叹着气，满是无奈和沮丧。

有一年，老大到城里来过老三家一回。这是他第一次到城里来，家里的农活，一天也离开不了，他感到这是他人生最大的一次奢侈。

他带来从地里收上来的一小袋山芋。他看到侄子，将袋子里的山芋拿出来给侄子吃。侄子看也不看，从零食盒里拿出火腿肠津津有味地吃着。

老大尴尬地用手抚摸着侄子的脑袋，要抱侄子到腿上坐坐。侄子用力挣脱，说道："你身上有很难闻的味道！"

老大嘿嘿地干笑着，有种手足无措的样子。

妻子在厨房里悄悄地问老三："他晚上睡哪？"

老三想了想，说道："就让他跟儿子睡吧！"

妻子脸一沉，说道："这怎么行，那不把床弄脏了吗？"

大概妻子的声音大了些，老大在外面听到了，只听到老大说道："我就在外面地板上睡一宿，明天一早就赶回去，田里还有许多事，今天来这里，看到你们过得都很好，我太高兴啦！"

妻子听了，尴尬地笑了笑，心里好像一块石头放了下来。

夜里，老三轻轻地打开房门，伸出头，看到客厅里睡在地板上的老大，只见他蜷缩在墙角，一点声音也没有，像一只小猫。

第二天天刚亮，老三起床，看到客厅里的老大已悄悄地走了，墙角处，还有他带来的一小袋从田里收上来的山芋，孤零零的。那一刻，老三心里好像有些失落，眼角不知怎么有了些湿润。

兄弟在外，很少向人提起家乡还有个种田的老大。他们为他们3个在外混得有人样而感到无比自豪和骄傲，他们从心里鄙视老大混不出个人样来，影响了他们兄弟的形象。

村子里的人，都知道他们家有3个兄弟在外个个混得像个人样，他们有时教育自家孩子："不好好学习，将来只有像他家老大一样，混不出个人样来。"

孩子再看到老大，对家人说："我看到他长得像个人样呢，为什么总说他混得不像个人样？"

"啪"的一声，孩子头上重重挨了一巴掌。只听到大人严厉地说道："一辈子只是在乡下种田，就是混不出个人样。"

孩子睁着懵懂的眸子望着大人，心想，你不是也在乡下种田吗？难道你也是没有混出个人样？还有那些在田里劳作的人，都是叫没有混出个人样？

不过孩子终究没有说出口，他怕脑袋上又挨上一巴掌。

有人看见老大，老远就嬉笑道："老大，怎么你家只有你没混出个人样？"

老大听了，只是嘿嘿地干笑着，用手摸着已谢了顶的脑袋。那布满沧

桑的笑脸，像个清纯的孩子。

当得知老大去世的消息，兄弟3人一愣，恍惚间想起乡下自己还有个同胞兄弟。兄弟3人赶到乡下。一进村子，乡亲们就拉着兄弟3人的手，哽咽地说道："你们家老大可真不是孬种，冰天雪地里，看到村子里一个七八岁的娃掉到河里了，他二话没说，跳进冰冷的河水里将娃子救了上来，可他却沉入河里，一直到几天后才浮出水面。"

在老大的坟前，兄弟3人长跪不起，他们哭诉道："我们一直说你没混出个人样，其实你活的才是个真正的人样。那事要是我们兄弟遇上，无论如何是不会跳进冰冷的河水里，我们外表活得像个人样，骨子里却很猥琐、孱弱。"

坟茔上，几株刚刚长出的纤细的狗尾草在轻轻地摇晃着。兄弟们抬起头，发现那狗尾草很像老大露出孩子般的笑容。

一摊烂泥的锦绣

院子里的猪圈小了，父亲要重新垒个猪圈。父亲从山上挖来泥土堆在院子里，在泥土里面放些锄碎了的稻草，在泥土中间扒了个小窝，在小窝里浇上水，然后用铁锹不停地搅和着。不一会儿，这堆泥土就搅和成了一摊烂泥。

我从房间书桌前抬起头来，透过窗户，看到父亲不停地搅和着那摊烂泥，在搅和中，烂泥发出"啪、啪"的声响，父亲的腿上也溅上了一个个小泥点子，那些泥点子像一朵朵小黄花。

高考失利后，我整天待在书房里，心里溢满了忧愁和苦闷。院子里发出的声响使我更加烦躁。我走了出去，倚在门口，闷声闷气地问父亲："这摊烂泥您老是搅来搅去干什么？"

父亲听了，索性停了下来，他把铁锹递了过来，笑着说道："儿子，别老是闷在屋里看书，你也来搅和搅和，活动下筋骨。"

听了父亲的话，我只好放下书本，走了过去，接过父亲手里的那把铁锹。我把铁锹往烂泥里一插，可烂泥很沉，一点也搅不动。只好用力拔出来，再插浅点。可搅起来一点没动静，一点发不出声响。搅了几下，我把铁锹往父亲手里一塞，说道："这烂泥搅起来真费劲，还是您来吧！"

父亲接过铁锹，说道："别看你书读了不少，可劲还小了点，看我的。"说罢，父亲双腿叉开，弓起身，把铁锹往烂泥里用力一插，然后翻卷起烂泥，烂泥又发出"啪、啪"的声响。

我心里不禁暗暗佩服父亲这把力气，说道："爸，您老是搅这烂泥干什么？"

父亲笑道："只有用力搅和了，才能将这烂泥搅熟了，这烂泥才会有黏性，垒起猪圈来才牢固，等这烂泥干了，猪也拱不倒，下再大的雨也不会塌下来。"

我惊讶地望着地上这摊烂泥，不禁发出啧啧赞叹声。父亲又说道："别看这是摊烂泥，只要用对了地方，它就会创造出一片锦绣来。"

"什么？这烂泥也会创造出锦绣来？"我满脸疑惑，露出不解的神色。

父亲坚定地说道："当然能，这摊烂泥经过我搅熟后，就可以筑墙，还可以筑成砖块，这土砖块砌起墙来坚固无比，像一道铜墙铁壁。我们院子里后面的那幢老屋已有60多年了，那还是你爷爷盖的。当时，他就是用这种烂泥搅和后，垒成墙体，盖出了那幢屋子。那幢屋子，曾经是咱们村里最气派的一幢屋子。如今，这屋子虽然老了、陈旧了，现在只堆放些杂物，它还经历了几次地震和山洪的冲刷，但依然完好如初，这就是烂泥盖

成房屋后的锦绣。"

听了父亲的话，我情不自禁地将目光投向院子后面的那幢老屋。眼前的老屋呈灰褐色，土墙上，斑斑驳驳，从裂开的土墙上，可以看到里面露出的一根根枯黄的草茎；屋顶上，纤细的狗尾草，从屋顶的缝隙处探出毛茸茸的脑袋，扭动着细细的腰身，在轻轻摇曳着。没想到，这土屋已有60多年，还经历了那么多的风雨，依然矗立，散发出一种明媚和锦绣来。我仿佛看到当年爷爷也像父亲一样，在这里搅和着烂泥，烂泥发出"啪、啪"声响，最后，爷爷用这烂泥盖成了这幢屋子。屋子建成后，成为村子里最亮丽的一道风景线。

父亲看到我沉思的样子，说道："人啊，不要好高骛远，而应脚踏实地，做不成花岗石，哪怕做成这摊烂泥，经得起摔打，一样能成为有用之才。"

"做不成花岗石，就做成这摊烂泥。"我一遍遍重复着父亲这句话，眼睛里闪现出幸福的光芒。

我走到父亲跟前，伸出手，兴奋地对父亲说道："把锹给我，让我再搅和搅和。"

父亲笑着放下手上的锹，然后蹲在一边，点上一支烟，笑眯眯地看着我。

我用力地搅和着这摊烂泥，不一会儿，我也听到这烂泥发出的"啪、啪"声响。这声音，清脆、嘹亮，像奏起悦耳的音乐，在我心中唱起欢乐的歌……

妈妈，你错了

小时候，妈妈经常教育我："晴天不能打伞，晴天打伞头上要秃，伞只能在下雨的时候打。"

于是，我知道了伞只能在雨天时候打的道理。有时，不经意地发现有人头顶上秃了，心里就会一阵嘀咕：这人一定是晴天打过伞的。

上学了。下雨天，同学们走在路上打着雨伞。雨停了，可有的同学不知道，还在打着伞。我见了，一阵惊慌，赶紧上前告诉他："雨停了，你怎么还在打伞？要秃头顶的。"同学听了，吓得赶紧收起了雨伞，然后小心翼翼地追问道："为什么要秃头顶？"我愣了一下，说："我妈告诉我的。"他听了，充满感激地说道："哦，知道了，谢谢你告诉我！"

班上有一个小调皮，常常做些恶作剧。他不知从哪知道晴天不能打伞的事，也许也是他妈妈告诉的吧，他常常趁班上的女同学不注意，突然打开一把伞举在女孩子的头顶上，然后幸灾乐祸地哈哈大笑。女孩子吓得哭哭啼啼地报告了老师，说自己被小调皮打了伞，要变秃子了。老师严厉地批评了小调皮，并警告他："今后要是再随意给女孩子打伞，就让全班同学给你打伞，让你满头都是秃的。"

小调皮听了，吐了吐舌头，挤眉弄眼，一种无所谓的样子。

长大了，和一个女孩子好上了。女孩子包里有一把自动伞，出去的时候，看到有阳光，她就会拿出自动伞，"砰"的一声撑开伞，打起了伞。

我见了，惊呼道："你怎么大晴天也打伞？你不怕变秃子吗？"

女孩子脸色唰的一下就变白了，嗔怪道："谁说晴天打伞要变秃子的？"

我得意地说道："是我妈从小就告诉我的，晴天打伞要变秃子。"

女孩子听了，一下子笑弯了腰，好像连眉毛都在笑，她上气不接下气地说道："你妈真逗，这话你也信？"

我脸一下子红了，嗫嚅道，这话我信了20多年了。女孩子惊讶地摸了摸我的额头，说道："你没发烧吧？这话你信了20多年？真悲哀！我习惯晴天打伞有20多年了，你看我头上秃了吗？"

我听了，大吃一惊，赶紧探过身，仔细查看女孩子头顶，只见女孩子满头乌丝，柔软熨帖，仿佛能照见人似的。

女孩子又说："因为我有晴天打伞的习惯，所以我的皮肤一直保养得很好。"

我这才注意到，女孩子的皮肤很白嫩，像水做的似的，冰清玉洁。

那一刻，我有一种想哭的感觉。妈妈对我说的那句话，我信了20多年，今天我才知道，晴天打伞不仅不会变秃子，而且还具有护肤保颜的功能。晴天打伞，是一种科学的生活习惯。

世间的妈妈大概都会犯同一种错误。2012年荣获"搞笑诺贝尔医学奖得主"，美国83岁的医生珍妮·惠特曼在接受英国《卫报》记者采访时，说了这样一件事。她说，60多年来，我每天坚持自己掰自己左手的指关节发出咔嚓声，从没有停止过。因为幼年时，妈妈告诉我掰自己的指关节会导致关节炎，我只是为了检验这样的说法是否正确，而最后得出的结论是"NO"。

说完这件事，她不禁仰天长叹，深深地说了句："妈妈，您错了！"
话刚说完，已是泪流满面。

珍妮·惠特曼用60多年的时间，验证了妈妈说过的一句话是错误的。原来，妈妈教育我们的话，并不是百分之百正确，有的话，则误导了我们许多年，甚至一生。当终于有一天，我们从心底发出一声悲怆的呐喊："妈妈，您错了！"那一刻，我们再无语凝噎，独怆然而泪下。

你胸口装的"心"太多了

近来感到很疲乏，浑身没劲，一直打不起精神来。有人介绍了一位老中医，说老中医医术很高超，许多疑难杂症都能治好，叫我也去瞧一瞧。于是我去看了这位老中医。

老先生80多岁的样子，面色红润，身子骨很硬朗。老先生听了我的叙述，然后让我将左手伸出来，他将两根手指搭在我的脉搏上，用心静静地听着。

我看到，老先生的眉头渐渐紧锁起来，脸色很凝重。看到老先生的脸部表情，我的心一下子提到嗓子眼了，心想，坏了，一定身染重症了，不然老先生脸色不会这么难看的。

过了好一会儿，老先生才将他的手指从我的脉搏上移开来，轻轻地叹了一口气。我惴惴不安地问道："老先生，我得了什么病，情况严重吗？"

老先生皱着眉头，两眼紧紧地盯着我的眼睛，那两道目光，像利剑，直刺我心中，看得我心怦怦直跳。老先生又重重地叹了一口气，说道："你胸口装的'心'太多了，这些'心'，搅得你心律大乱，电解质混乱，所以感到精神不振，浑身没劲。"

我听了，不禁哑然失笑道："您说什么呢？我这胸口只装了一颗心，怎么能说我胸口装了许多心？"

老先生面色一下子严肃起来，他以一种不容置疑的语气说道："不，你胸口装了许多'心'。"

我吃惊地问道："什么'心'？"

老先生说："这些'心'有灰心、痛心、寒心、伤心、揪心、花心、狠心、粗心、变心、黑心、贪心……你胸口装了这么多的'心'，能不心

律大乱、电解质混乱、精神萎靡吗？"

老先生的话，让我一下子愣住了。我弱弱地问道："那我该怎么办呢？"

老先生说："我给你开个方子，你只要照着这上面的要求去做，过一段时间，你就会轻装上路，自然而然地会感到心旷神怡，春和景明了。不过，必须要长期坚持去做，否则还会复发。"

老先生将方子开好后，对我说道："回家去看，按照上面的去做，如果没有疗效，过一段时间再来。"

我将信将疑地接过方子，感到这方子沉甸甸的。

刚回到家，我就迫不及待地打开这处方单子，只见上面写道：只留一颗爱心。

我哭笑不得，这是什么方子？老先生又没有给我开药啊！

我将老中医开的处方单拿给妻子看，并将就医的经过讲给了妻子听。妻子的目光久久停留在处方单上，忽然她拍手说道："这处方单开得太好啦！这处方，不仅适合治疗你，也适合治疗我，我也有你这种症状，胸口装了太多的'心'。"

我惊讶地望着妻子，没想到妻子的胸口也装了太多的"心"，和我的症状一样。

妻子泪眼婆娑地对我说："有时候我们之所以觉得活得很累很苦很焦虑，其实并不是这个社会太复杂，也不是人心不古，而是自己心里的欲望太多，以至于让自己胸口装了太多的'心'，这些'心'在自己胸口里挣扎、倾轧、冲撞，长此以往，能不让自己活得心律大乱、电解质混乱、精神不振、浑身没劲吗？"

我激动地走上前去，轻轻地拥住妻子，轻轻地说道："让我们一起努力，将那些多余的'心'统统扔掉，只留一颗爱心，爱家庭、爱亲朋、爱社会，让自己的心灵变得清澈、亮丽起来。"

妻子轻轻拍着我的后背，喃喃地说道："爱心，真的永远是心灵里最温暖的甜蜜。它插着美丽的翅膀，飞翔在尘世间，化作和风细雨，在人间开出最美丽的花儿，姹紫嫣红。"

"只留一颗爱心"这个处方，不仅治好了我的病，也治好了妻子的病。这颗心，让我们的心中溢满了温暖和甜蜜，生活变得妖娆和明媚起来。

第六辑

关上的门不一定上锁

那流淌着悠悠琴音的小时代

一

也就八九岁的光景吧，那是一个吸一口空气，就会感到空气里甜丝丝的年龄。幺妹家住在胡同口东边第二家，和我家有20多米远的距离。每天上学、放学，我都要从幺妹家门前经过。

幺妹比我小1岁。那年，我刚上一年级，每天放学回来，经过幺妹家窗口，总听到从窗口传出来的悠悠琴音。抬眼望去，只见幺妹正神情专注地拉着小提琴，琴音像潺潺的流水，从心田柔柔划过，沁人心脾。

幺妹发现我背着书包站在她家窗台前，就拿着小提琴，从家里跑出来，跟在我后面，像个跟屁虫。

看到她那样子，我不禁暗暗得意起来，心想，这小丫头小提琴拉得真好听。心里夹着一种钦佩，但又有点嫉妒。

回到家，我从家里搬出个小方凳和小凳子放在门前那棵柳树下，然后从书包里拿出作业本，摊开书本，认真地做起作业。幺妹怯生生地蹲在地上看我做作业。我不经意地抬起头，看到她脸上有点灰，几根发丝散落在嘴边，眼睛水汪汪的，像一潭清澈的湖水。我心里不知怎么微微一颤，生出几份怜爱，于是，回家搬来个小凳子，让她坐在一边。幺妹甜甜地一笑，腮边现出两个小酒窝儿，说道："谢谢小哥，你真好！"

我伸出食指，在她小鼻子上轻轻地刮了一下，说道："小嘴还挺甜的，不过看小哥写字可不许捣乱，等我写好了，再带你玩。"

幺妹点了点头，很乖巧的样子。

一阵风吹来，把小方凳上的书本纸张翻动起来，幺妹赶紧伸出小手将书本压紧。我心想，小丫头反应还挺快的呢，是个小机灵鬼！

幺妹看我写完作业了，望着我，央求道："小哥，给我讲讲学校里的故事吧，明年我就要上学了，我现在什么都不懂。"

看着幺妹可怜兮兮的样子，心想，这丫头还很认真呢！

于是，我像个大人似的，一脸严肃地告诉她："上学了，和现在就不一样了，在学校里，要认真听老师的话，上课要认真听讲，不迟到，不早退，团结同学，爱护学校的一草一木。"

幺妹扑闪着一双明亮的眼睛，伸了伸舌头，惊叹道："啊，要做到好多呢！"幺妹忽然又央求道："小哥，到时候我上学，有不懂的地方，你可以教我吗？"

我挺了挺胸膛，回答道："当然可以啦，不过，你要拉一曲小提琴给我听！"

幺妹听了，高兴地站起身，说道，当然可以啦！说罢，她左手托起小提琴，身子微微前倾，右手拉着琴弓，顿时，一串优美的旋律倾泻出来，琴音像潺潺的流水，从心田柔柔划过，沁人心脾。

我情不自禁地赞赏道，你拉得真好听，我就喜欢听你拉的小提琴声。

幺妹听了，扑闪着一双明亮的眼睛，兴奋地说道，那我以后天天拉小提琴给小哥听。

二

一天上学，刚走到幺妹家门口，幺妹的妈妈忽然喊住了我，她笑嘻嘻地说道："小哥，请你停一下，我跟你商量个事，以后上学、放学，你和幺妹两人一起做个伴好吗？"说罢，幺妹妈妈从口袋里抓出几颗上海大白兔奶糖放在我的手心里。

手里握着几颗大白兔奶糖，我心里很激动。我抬眼看到，幺妹背着书包，正倚在门边，眼巴巴看着我。我心想，这小丫头长得还挺快的呢，眨眼，也上学了。

我边剥开一颗大白兔奶糖放进嘴里，边对幺妹妈用力地点了点头。幺妹见状，欢快地跑了过来，她伸出小手一把攥住我的手，好像生怕我跑了似的，我感到她的小手把我的手攥得很紧。

幺妹妈叮嘱道："要听小哥的话，路上不能乱跑啊！"幺妹欢快地答应着。

清晨的空气湿漉漉的，有一种大白兔奶糖的香味。一路上，幺妹不时抬起头看着我，好像十分注意我的表情。我感到我的手被幺妹攥得生疼，就用力将手从她手里挣脱出来。刚放下来，幺妹的小手又紧紧地攥住了我的手，好像生怕我跑掉了似的，我心里不禁暗暗发笑。

到了学校，幺妹松开手，甜甜地说了声："小哥再见！"然后欢快地向班上跑去。

我看到，幺妹脑后那两根小辫一甩一甩的，小辫上的那两只蝴蝶结，好像两只小蝴蝶在飞舞。

我忽然发现，我的手是潮湿的，好像还有香甜的奶香。

三

喜欢拉小提琴的幺妹，在学校里被吸收进了"小红花"文艺宣传队，她还是班上的文艺委员呢。在文艺宣传队里，她学会了拉小提琴《我爱北京天安门》。欢快、流畅的旋律，令人心潮起伏，充满着无限向往和渴望。

放学一到家，她放下书包，就喜滋滋地拿着小提琴跑到我家门口来，叫我听她拉小提琴。我还没有答应，她就欢快地拉起来了。

听到琴音，我情不自禁地合着节拍，欢快地唱了起来："我爱北京天安门，天安门上太阳升，伟大领袖毛主席，指引我们向前进……"

幺妹拉完琴，鼻翼上渗出细细的汗珠，小脸蛋红扑扑的，一根小辫的蝴蝶结也散了。她边编着小辫，边歪着头问道："小哥，你到过北京天安门吗？"

我抓了抓脑袋，不好意思地说道："没有。"

幺妹欢喜地说道："明年放暑假，我妈说带我到北京去看天安门，我还要在天安门前拉《我爱北京天安门》呢。"

大概看到我失落的眼神，幺妹又说道："小哥别难过，到时我在天安门前高声喊：'我是小哥，我看到天安门了！'"

我被幺妹的机灵和俏皮感动了，我伸出食指，弯着钩，在她鼻尖上轻轻地刮了一下，说道："你真会说话！"

幺妹忽然也伸出食指，弯着钩，说道："我也要刮一下你的鼻子。"

看着她执拗的样子，我忍俊不禁地低下头，说道："只能轻轻刮，不能用力刮。"

幺妹边答应着，边刮着我的鼻尖，我感到幺妹刮起鼻尖痒酥酥的。忽然，幺妹趁我不注意，偷偷在我鼻尖上多刮了几下。

我发现了，要让她补回来。幺妹咯咯笑道："等我长大了，再让你补回来，我记着欠你刮三下鼻尖。"

我忍不住地伸出食指弯起钩，说道："我俩打赌，不许骗人。"

幺妹伸出食指，钩住我的食指，说道："我敢打赌，我保证不骗你。"说罢，她嘴里念念有词道："我欠小哥刮三下鼻尖，长大了一定还。"

阳光在胡同口已偏斜了，散发着淡淡的光芒。我对幺妹说道："时间不早了，回去吧，我们都还要做作业呢。"

幺妹懂事地点了点头，挥手向我说再见，然后向家里跑去。我看到幺妹脑后那两根小辫一甩一甩的，小辫上的那两朵蝴蝶结，好像两只小蝴蝶在飞舞……

四

午后的阳光从教室的窗户上照射进来，像长了一双金色的翅膀，很晃人眼。我正埋头做作业，忽然听到有同学喊我。

我抬起头，有同学指指窗外。我看到，窗户玻璃上映着幺妹的一张脸，她透过玻璃，正着急地找着我。我心里一愣，这么急急忙忙地找我有什么事呢？

我跟老师打了个招呼，就走出了教室。幺妹看到我出来了，急忙跑了过来，她眼泪汪汪地告诉我："我家搬到上海去了，我也转到上海去上学了。"

我听了，感到心口有点堵得慌，声音有些颤抖地问道："怎么这么突然？上海很远呢！"

"是啊，我是专门来向你告别的，小哥，你还记得吗？我还欠你几个刮鼻子呢，我现在就让你刮了，我怕长大了，你找不到我了。"说完，幺妹闭上眼睛，把头伸了过来，让我刮她鼻子。

我一愣，心里顿时一阵柔软，眼圈一下子红了。我摸了摸她小鼻子，说道："幺妹，不用刮了，长大了我就去上海找你，我还要和你一起去北京天安门，我还要在天安门前听你拉《我爱北京天安门》小提琴呢！"

幺妹睁开眼，扑闪着一双长长睫毛的眼睛，惊喜地说道："真的呀！说话算数，来拉钩上吊，一百年不许变。"

幺妹伸出食指，弯成钩。

我也伸出食指，弯成钩。

我俩的食指紧紧地扣在了一起。幺妹把我的食指向她胸前用力拉了拉，然后松开了食指。她转身跑开去，才跑了几步，她停下了脚步，好像想起了什么，转身又跑了回来。

她从口袋里掏出一把大白兔奶糖，说道："我差点忘了，这是我专门从家里给你带来的，以后你到上海来，我会请你吃好多好多大白兔奶糖。”说罢，转身跑开了。

我手心里托着一把大白兔奶糖，阳光照在奶糖上，金光闪闪，空气中，散发着一缕甜甜的奶香。

我看着幺妹的背影，只见幺妹脑后那两根小辫一甩一甩的，小辫上的那两朵蝴蝶结，好像两只小蝴蝶在飞舞……

自由行走的花

田埂上，那不知名的小野花沿着田埂两侧竞相开着，粉红、鹅黄、浅蓝……那指甲大小的小野花，轻轻摇曳着婀娜的身姿，在旷野中，仿佛在顾盼生辉，含情脉脉。

当时，我也就六七岁光景吧，那还是个少年不识愁滋味的年龄。我在窄窄的田埂上欢快地跑着，田埂边，那些不知名的小野花不时轻轻拂过我的腿边，痒酥酥的，好像伸出柔软的手臂要深情地挽留我。

我一路顺手摘下一朵朵小野花，不一会儿，我手里就抓了一大把小野花，那些聚拢在一起的小野花，像一朵盛开的硕大花朵，姹紫嫣红。我抬眼，看到田埂上有望不到尽头的小野花，浩浩荡荡，它们在风中轻轻摇曳着，好像在不住地点头、微笑。

我回过头去，对跟在身后的母亲说：“妈，这田埂上的小野花，为什么这么多？”

母亲手里拿着农具，从后面赶了上来。听了我的问话，母亲指着田埂上的那些小野花说：“这些小野花是自由行走的，哪里有田野，它们就会走到哪里开放。行走，是它们的生命，它们在行走中，感受到了春天、感受到了生命的坚强。”

　　我惊讶地看着田埂上的这些小野花，原来这些田埂上铺天盖地的小野花，是在自由行走着，它们将自己的脚扎根在土壤里，在悄悄地行走着，行走在这一望无际的田野里。于是，才有了这番惊心动魄，才有了这望不到尽头的姹紫嫣红。

　　那是孩提时的记忆，那些在田埂上行走的小野花，使我的心中似乎一直激情澎湃着，我仿佛听到小野花自由行走的脚步声，那铿锵的脚步声，在田野上像滚滚春雷，在耳边经久回响。

　　从此，每当我走到那里，看到田埂里那些小野花，我就会会心一笑，我想起母亲说过的话，这些小野花行走到这里啦！

　　那年，我到西藏高原旅游。在高原的一处山坡上，我看到了遍地的小野花。那些小野花，开得惊心动魄，开得灿烂，开得热烈。这些小野花和我家乡的小野花几乎是一样的，如果要说有什么不同，这些小野花的花瓣上似乎多了一丝高原红。

　　我忘情地扑在这些小野花上，侧耳细听，我似乎听到了这些小野花正迈着铿锵的脚步，它们从远处，一路走来，无论什么气候和环境，只要有一寸泥土，它们就能走过来，然后露出自己的笑脸，再一路走下去，走向广阔无垠的大地。它们跋山涉水，永不停息。

　　那一刻，我哭了，我哭这些小野花的勇敢和毅力。它们似乎就是我家乡田埂上的那些小野花，当我一路辗转来到这里，它们也早就来到了这里。它们马不停蹄地甩开腿，又在一路向前。在行走中，它们将自己那片嫣红，尽情地展现给大地、给蓝天。

　　我想起了我家乡的一个叫翔的少年。翔在11岁的时候得了一种病——强直性脊柱炎，这种病发展下去，他的身体在逐渐僵硬，最后连双腿直立行走都很困难。医生断言，他的这种病随着病情加重，他将很难挪开步子，甚至下地都很困难。

　　当我从翔家窗前经过时，常常看到翔正站在窗前，默默地看着窗外，眼睛里流露出深深的渴望与留恋。我心想，翔也许今生今世就禁锢在家里了，再也难以走出家门了。

没想到，翔最后成了我们家乡走得最远的一个人。他背着个吉他，成了一名流浪歌手。他走到哪里，就把他的歌声和欢乐留在了哪里。在行走中，他还赢得了一位美丽姑娘的爱情。姑娘背着他已僵硬的身体，继续走下去。姑娘深情地说："我要背着他一直走下去。行走，就是我们的爱情。"

翔伏在姑娘纤弱的背上，从一座城市走向另一座城市。他的脚步，依附在姑娘的腿上，但走得依然铿锵、依然豪迈。他的歌声，感动了无数的人。

母亲在来信中说，翔这孩子，就像田野里开满的那一朵朵小野花，走到哪，开到哪，他成了乡亲们的自豪和骄傲。

从此，我知道，人生中有一种行走，尽管他们没有健壮的体魄和双腿，但依然可以豪迈地行走在大地上。他们就像田野里那一朵朵小野花，在尽情地展现出生命的美丽和妖娆。

关上的门不一定上锁

小时候，我最喜欢母亲带我到邻居家串门。一个人在家闷得慌，当听到母亲说要带我到邻居家串串门，我心里甭提有多高兴了，到了邻居家，我就可以和邻家小伙伴一起玩耍了。那时的快乐就是这么简单。

我高兴地拉着母亲的手，欢欢喜喜地向邻居家走去。可是，远远地，我就看见邻居家的大门关着，心里顿时溢满了失落。我郁郁寡欢地说道："他家没人，门关着呢！"

母亲看了看，笑道："关上的门不一定上锁，你去他家推推门看。"

　　我将信将疑地走到邻居家门口，用手轻轻一推，门发出"吱呀——"一声，竟被推开，邻居家人全在屋子里呢。

　　我和邻居家的孩子欢快地在一起玩耍，冷清的屋子，一下子有了一种明媚和喜悦。

　　上学时，我是语文课代表，每天放学，我都要和其他几个课代表一起抱着厚厚一大摞作业本到老师办公室去。可是，有时看到办公室门是关着的，其他几个同学见了，脸上露出失望的神色，轻轻地叹了一口气，说道："白跑了一趟，老师办公室的门是关着的呢！"

　　我笑道："关上的门不一定上锁，去推下门看一下！"

　　几个同学将信将疑地走了过去，轻轻地推了一下门，门悄无声息地就开了。伸头一看，老师正伏在案前，认真地批改作业呢。

　　从办公室出来，几个课代表纷纷夸我说："你真聪明，你是怎么知道关上的门不一定上锁？"

　　我头一抬，骄傲地说道："我妈告诉我的。"

　　同学们听了，脸上露出钦佩的神色，说道："你妈真聪明！"

　　听到同学们的赞赏声，我心里像喝了蜜一样甜。

　　那年，家乡遭遇特大洪涝灾害，田里的庄稼全部被洪水冲掉了，颗粒无收。乡邻们许多人都感到绝望了，他们呼天抢地地哭诉，不知该怎么办。

　　母亲轻轻擦去脸上的泪痕，望着满目疮痍的家园，说了句："关上的门不一定上锁，我们要依靠自己的双手，在这片土地上，重拾生活下去的信心。"

　　我听了，心里一愣，这句话好熟悉啊，这时候母亲说这句话是什么意思呢？

　　母亲带领家人在被洪水冲得一无所有的土地上，平整土地，播下仅剩下的半小袋种子。乡邻们看到母亲带领家人在田里劳作着，也都纷纷效仿，带领家人在田地里劳作着。

　　很快，种下的种子发出一小片嫩芽，密密麻麻的，像光秃秃的脑袋上，长出的一根根新头发。看着在这片废墟的土地上发出的新嫩芽，母亲笑了，笑得很明媚、很灿烂。

就这样，母亲硬是在被洪水冲刷得一无所有的土地上，收获了粮食，更重要的是收获了全家人生活的信心和力量。

从此，生活中无论发生着什么困难和挫折，我一直坚守着这样一种信念：关上的门不一定上锁，推开那扇紧闭的门，眼前就会变得一片明媚和锦绣。

寻找自我的方式

在2008年北京奥运会马拉松比赛中，一位花了超过13个小时才跑到终点的非洲选手，成为马拉松比赛最后一名。他跑到终点时已经没有什么人了，只有几个裁判在等着他。

没有观众、没有掌声、没有鲜花，只有寥寥几个工作人员。但这位选手却一点也没有感到失落和沮丧，相反，却显得十分兴奋和快乐。他举起双臂高声欢呼："我成功啦！我成功啦！"

在回国的班机上，他遇到了同乘一架飞机的肯尼亚选手万吉鲁，万吉鲁在这次奥运会马拉松比赛中获得了冠军。万吉鲁手捧鲜花，胸前挂着金光闪闪的金牌，一脸骄傲和自豪。当他看到跑了最后一名的这位选手时，脸上露出了满是轻蔑和不屑的神色，高傲得像只公鸡。

他见了，不卑不亢地对万吉鲁说："我虽然比你多花了10多个小时跑完全程，但我比你欣赏到更多的沿途的北京美景，这种幸福和快乐，是你无法体验的。"

万吉鲁听了，不觉微微一震，不禁侧耳细听。当他向万吉鲁描绘起欣赏到的北京沿途风光时，万吉鲁一脸茫然，说："你说的，我一点印象也没有，当时只是一味地向前奔跑，现在想来，真的很遗憾。"

说罢，万吉鲁紧紧地拥抱着这最后一名的选手，喃喃地说道："兄弟，你真幸福，你得到了我所没有的一种幸福和快乐。"

这位花了13个多小时跑完全程的选手回国后，撰写了大量的文章，描写在北京参加奥运会的所见所闻，文章发表在世界许多报刊上，引起了强烈反响。

人们从他的文章中，知道和了解更多的北京风光、北京的风土人情。许多人就是从他的文章中，开始踏上了北京之旅。

这位运动员退役后，成了一名专栏作家。有记者采访他，问道："你是如何从一名运动员成为一名作家的？"

他深情地说道："我这个作家是花了13个多小时跑完北京奥运会马拉松后获得的。虽然我跑得不快，但我得到了别人所无法体验到的一种幸福和快乐！那就是心灵的愉悦和享受。"

人在名利道路上奔忙，有时要学会欣赏路上的风景。我们眺望别人的生活，有时候别人也在眺望我们的生活。

欣赏，是一种生活姿态，更是一种寻找自我的方式。跑不出冠军，可以跑出另一个自我。

认识你自己

这是我在大学上的一堂哲学课。教授课讲完了，还剩下一些时间，教授忽然提议，让同学们谈谈今后的人生目标和追求。

听了教授的提议，课堂上的气氛顿时活跃起来，有的还情不自禁地用手拍打着桌面，表示支持和喝彩。

有的同学说，他今后要成为"打工皇帝"唐骏一样的人。唐骏说过这样一句话："我的成功可以复制。"只要努力，他一定能成为唐骏式的"打工名人"。

有的同学说，他要像比尔·盖茨一样，今后也要从事计算机软件研究和开发，成为腰缠万贯的名人，争取在福布斯榜上挂上名。

∙∙∙∙∙∙∙∙∙∙∙∙

教授听了同学们的激情畅想，脸上的笑容渐渐地消失了，有一种深深的忧虑浮现在脸上。停顿了很长时间，教授给大家说起了这样一个故事。

教授说，古希腊哲学家苏格拉底一直被称为智慧的化身。一次，在众目睽睽之下，他受到诸神的无情嘲弄。这是他从没有遭遇过的，他感到受到了莫大的羞辱。他默默离开人群，茕茕孑立地走着。他下意识地抬起头，仰望着深不可测的苍穹，内心里似翻滚着大海的波涛，久久不能平息。蓦然回首，他惊奇地发现，一缕温暖的阳光正照射在神庙上镌刻着的箴言上。这行箴言上写着这样一句话：认识你自己。他心里仿佛被什么东西重重地击打了一下。放眼远眺，只见纯净的海与清朗的天合为一片动人心魄的蓝。

苏格拉底就此顿悟一个道理，神就是神，我就是我，我永远成为不了神。

教授说道，世界首富比尔·盖茨是一个最成功的案例，但是美国商业学院的教材这样写道，比尔·盖茨的案例很特殊，最不适合模仿，最没有可操作性。他只是网络初始阶段的英雄，极具投机性和偶然性。他成为"案例王"是个"误会"，更多的只是满足了青年人的心理需求。盖茨仅仅是个偶像，一个无法复制的偶像，学习和模仿他，成功率几乎为零。

教授又说道，大多数人在唐骏"我的成功可以复制"的蛊惑下，也跃跃欲试，渴望成为唐骏式的人物。他们在职场上奋力冲杀、左冲右突，最后忽然发现，自己无论如何也不可能成为"唐骏"，甚至连"唐骏第二"

也够不上。其实，唐骏告诉你们的"我的成功可以复制"，只是一种诱惑，一个"陷阱"，让你们深陷其间，不能自拔，从而失去了自己人生一个又一个起点和目标。

教授最后斩钉截铁地说："事实上，成功者永远有自己的道理，成功者永远在开创道理。燕雀永远飞不到鸿鹄的高度，我们应该明白这样一个道理，世界是多元化的，我们不能强求每一个人都是成功者，如果人人都去当比尔·盖茨、当唐骏，这个世界又是多么可怕。"

所谓人生，就是说，这一出"人间戏剧"需要各种各样的角色，你只能是其中之一，不可以随意调换。摆正自己的位置，好好生活，这样的人生才会别样的精彩和美丽。

教授的话意味深长，教室里顿时陷入到一片寂静中，同学们的脸上浮现出一种严肃和深沉。那一刻，同学们仿佛成长了许多……

辽河虽宽，一苇可航

前些年，我下岗了。失去了工作，我感到心灰意冷，痛苦不堪。曾经的理想，曾经的抱负，全部都化为了泡影。回到家，我整天趴在电脑上玩游戏，我想用这种沉湎于网络游戏的方式，逃避现实，麻醉自己。

时间长了，父亲见我整天这样子，不无忧虑地说："孩子，你看是不是想办法出去自谋个职业？这样整天待在家里也不是个办法啊！"

我边打着游戏边不耐烦地回答道："自谋个职业？您说得倒轻巧。启动资金没有，关系网没有，货源没有，就连个门面房也没有，我怎么干？"

父亲听了，重重地叹了一口气，他语重心长地说："孩子，你说的这些问题不可能人家全给你搞好了再请你去干，舞台还是要自己去搭。你看人家王嫂，刚下岗时，什么也没有，她索性拎着个菜篮子在菜市场卖点小葱。就这不起眼的小买卖，每天还有二三十块的收入呢。她边干边学，渐渐地，她卖起了蔬菜，以后又雇了一个人，兼起蔬菜批发业务，与蔬菜生产基地建立了良好的合作关系。她的业务越做越大，还多次被评为下岗再就业标兵呢。"

父亲又意犹未尽地说了："'辽河虽宽，一苇可航。'难道还需要等造好大船，你才能过辽河？生活中，面对发生的各种复杂局面和难解瓜葛，只要肯动脑筋、想办法，就能够得到解决，一味地想吃现成饭，这是不可能的事。"说完，父亲拂袖而去。

我怔怔地望着父亲离开的背影，心里似五味杂陈，一起涌上心头。我久久地回味着父亲刚才对我说的话，心里有了重重的心事。我第一次听父亲对我讲起"辽河虽宽，一苇可航"这句话，我不知道父亲对我说这句话的含义，但我想，父亲对于我现在这种状况一定不满意，他需要我有个新的起点和亮点。

一天，父亲从街上路过，看到我在路边摆了个地摊，在卖些简单的鞋子、袜子、手绢之类的小商品。父亲看到后，脸上露出惊喜的神色。他弯下腰，仔细看着地摊上一些简单的商品，不住地点头。

临走，父亲在我的地摊上买了一双袜子，然后意味深长地说了这么一句话，孩子，你做得对，开始总有许多困难，但时间长了，你就会积累一些经验，情况会越来越好。还是那句老话，"辽河虽宽，一苇可航"，没有什么可怕的。

望着父亲远去的背影，我在心里一遍遍地回味着父亲这句话，不知不觉，眼睛有些湿润了……

半年后，听到一个摆地摊的朋友对我说，有一个门面房老板要转行，现在门面房要低价转让，问我有没有兴趣。我听了，经过一番详细论证和考察，我盘下了那个门面房。有了门面房，我告别了摆地摊的生活，加盟了一家女式服装代理，成了一个代理商，开始了一种全新的营销方式。

　　这家加盟的女式服装，款式十分新颖，价格合理，吸引了小城许多年轻人前来欣赏、购买。每天我忙得喜盈盈的，渐渐地，我一人忙不过来了，就聘请了2个女孩子来帮忙。女孩子穿上店里新颖的服装，热情地招揽顾客。这种营销策略，像无声的广告，给小店增添了一道亮丽的风景线。

　　一年后，我又开了两家连锁店，营业面积不断扩大，聘请的员工已有8人。由于我讲信誉，守合同，与加盟总公司合作得十分顺畅，我成了小城服装品牌总代理，所有需要加盟的客户，均须有我批准，我的人生舞台越走越宽广。

　　父亲常常转悠着到我开的几个小店看看，看到我的小店规模不断扩大、品种越来越多，脸上终于露出了欣喜的笑容。

　　一天，我看到父亲背着手，又转悠到我开的小店里来了。看到父亲那温暖的笑容，我忽然想到父亲曾对我多次说起过的"辽河虽宽，一苇可航"这句话，于是问父亲当初他对我说这句话的含义。

　　父亲听了，望了望我，忽然，他伸出拳头在我肩头捶了一下，说道："好小子，记性不错啊，有可塑性。"接着，父亲深沉地对我说起了一个故事：637年，唐太宗李世民征伐到辽东时，被辽河阻挡。望着宽阔的辽河，后面有追兵，士兵们一个个露出绝望的神色，仿佛感到世界末日就要来到。

　　李世民望了望辽河岸边那长势旺盛的芦苇，大喜道，天助我也。

　　李世民下令士兵砍伐掉大批芦苇，然后将芦苇捆扎起来。不一会儿，兵士就捆扎出许多芦苇，李世民让士兵们坐在捆扎的芦苇上，向辽河的对岸划去。顿时，宽阔的辽河上，一艘艘用芦苇捆扎出的小船向对岸划去，场面蔚为壮观。很快，李世民的几十万大军全部渡过河去。

　　望着身后宽阔的辽河，李世民不禁感慨道，辽河虽宽，一苇可航。

　　李世民一直不忘当年他率兵乘坐芦苇渡辽河的情景，面对治理国家千头万绪的问题和矛盾，他说的最多的一句话就是，"辽河虽宽，一苇可航"。

正是有这种坦荡的胸怀和心襟，在他的治理下，唐代出现了欣欣向荣的喜人景象，社会得到了很大发展，民生得到很大改善……

故事讲完了，我仿佛还深深地沉浸在故事情节中，久久回味着。"辽河虽宽，一苇可航"。是啊，生活中，我们往往缺少的不是能劈波斩浪的大船，缺少的是能一苇可航的信心和勇气。

仰望星空的蜗牛

回家看望父亲，父亲打开门，看到是我，眼睛里露出一丝惊讶的神色，他激动地说道："是你呀，稀客呢！"

我愣愣地望着父亲，心想，父亲怎么把我当成客人了？回家一趟，竟说我是稀客。

父亲和我住在一个小城里，两家距离并不远，但我平时很少回家。我一直以工作忙、事情多为借口，更主要的原因是感觉父亲的思想太古板、太保守，和我的思想差距太大了，两人找不到共同的话题和语言。

父亲让我坐下来，还给我倒了一杯水。父亲真的把我当成客人了，我感到和父亲之间有些陌生和距离。

父亲关切地询问起我的近况来。父亲的问话，仿佛一下子开启了我的话匣子，我愤愤不平地说道："真是人比人气死人了。"

父亲笑着问道："哦，说出来给我听听！"

我说："和我一起进局里的那个小王，现在已经是副局长了，听说正在考核，很有可能挪正，仕途一片锦绣。而我却还是一个副股级，前途没有一丝亮光。小王有什么能耐？学历没我高，能力没我强，他凭什么当副局长？还有我现在的住房还是二十几年前那套六十几平方米的老房子，可是小王现在已经是住200多平方米的复式楼房了。他老婆调到区里工作了，我老婆却还在车间里上三班。这真是不公平啊！每天想到这些，我的路都走不动了，觉得人生一点意思也没有……"

父亲静静地听着，忽然，他站起身来，拍了拍我的肩膀说："孩子，你头顶上的那些璀璨的星斗，你怎么没看见？"

我疑惑地问道："我头顶上哪有什么璀璨的星斗？"

父亲答非所问地说道，还是先听我说个故事吧："一只蜗牛一直生活在树下。它听老虎、狮子、天鹅说，天空上不仅有明媚的阳光，还有满天的星斗，精彩极啦。蜗牛心想，为什么它们看到那么多精彩和美丽，而我什么也看不到呢？为了看到天空到底是什么样子，它开始从树下艰难地往树上爬去，它想爬到树顶上看看天空到底有什么东西。太阳火辣辣地照在大地上，蜗牛身上大汗淋漓，身后拖着一条湿漉漉的水渍，很快地被风干了。天渐渐地黑了下来，它还在艰难地往上爬着，一点没有气馁。终于，它爬到了树顶。它抬起头来，看到一颗亮晶晶的星斗。再四下看着，还是只有一颗星斗。那一刻，蜗牛笑了。原来自己头顶上也拥有一颗星斗啊！"

父亲的故事讲完了。我皱着眉，茫然地望着父亲，问道："您说的这个故事有什么意思呢？"

父亲语重心长地说道："一只弱小的蜗牛都能看到自己头顶上的一颗星斗，你怎么就看不见自己头顶上的那些星斗？"

父亲的责问，让我一下子不知所措起来，脸上一阵发烫。

父亲接着说道："我们每个人活在这个世界上，都有自己头顶上的一片天空，由于角度、方向的不同，有的看到的天上的星斗多点，有的看到的少点，这并没有什么奇怪的。你看你，你头顶上的星斗都璀璨、耀眼。这些年来，你一直坚持写作，并取得了不少的成绩，另外，你妻子很贤惠，勤俭持家，对你也很关心，孩子学习也很好，还有几个很好的朋友……这些不都是你头上的星斗吗？"

父亲的一番话，让我惊讶不已。仔细想想，不觉莞尔。我仿佛看到了自己头顶上那一颗颗璀璨的星斗，闪烁着耀眼的光芒。那些璀璨的星斗，尽管那么微不足道，但依然属于我，属于我的一方星空，它是我生活的力量和勇气。

感谢父亲！他让我明白了一个浅显而深刻的道理。蜗牛尚能看见自己头顶上的一颗星斗，我还有什么可抱怨、沮丧的呢？常常抬头看看自己头顶的那片星斗，会不断给自己增加信心和力量。看见他人头顶上空的星斗，是一种激励和自省；看见自己头顶上空的星斗，更是一种智慧和聪明。

阳光不锈

阳光从天空上泼洒下来，麦田里波光粼粼，像披上了一层金色的羽毛。父亲扛着一把锄头，走在田埂上。我跟在父亲的身后，喜颠颠地，一蹦一跳地随父亲一起下地干活。

偶一抬头，我发现父亲肩膀上锄头的锄刃上，阳光很晃人眼，灰褐色的锄刃上，像上了一层锈。我指着父亲肩膀上的锄刃说："爸爸，您锄刃上的阳光生锈了。"

父亲听了，停下了脚步。他回过头来，放下肩膀上的锄头，和蔼地说："孩子，阳光是不锈的，阳光无论照到哪，哪里都永远闪烁着金色的光芒。"

我听了，疑惑地问："阳光不锈？那我怎么看到刚才锄刃上的阳光是生锈的呢？"

父亲抚摸着我的头，和颜悦色地说："孩子，你看到的锈是锄刃上的锈，阳光照在锄刃上使你产生了错觉，以为是阳光生锈了，你再看爸爸身上、田野里、小河里、树叶上……这些阳光照到的地方，都闪烁着金色的光芒，波光粼粼，璀璨夺目。"

我寻眼望去，真的是阳光照到哪里，哪里就闪烁着一片金色的光芒，波光粼粼，璀璨夺目。再一看爸爸的头发、眉毛，也闪烁着金色的光芒，璀璨夺目呢。

从此，我知道了一个浅显的道理，阳光是不锈的，它永远闪烁着金色的光芒，波光粼粼，璀璨夺目。

那年，高考落榜后，我心情灰暗到了极点。我背起一个简单的行李，准备外出打工。

走出屋外，我看到父亲正扛着锄头从田里大步流星地回来了，落日的余晖在父亲身上像镀上了一层金色的光芒，熠熠生辉。

父亲看到我，放下锄头，好长时间没有说话。那一刻，似乎只有金色的光芒在周遭流淌。

过了好一会儿，父亲才一字一句地说："孩子，我只想对你说一句，日子久了，好多东西都会生锈了，甚至心灵也会生锈，而唯有阳光是不锈的。当你疲倦了、困乏了，就去看看阳光，无论是旭日东升，还是烈日当空，这阳光永远是不锈的，永远散发着金色的光芒。多向阳光学习，你就会多了一份坚强、多了一份勇敢。"

这个时候，父亲又向我说起阳光不锈，我一下愣住了。恍惚间，那一幕，似乎又在我的眼前浮现：我跟在父亲身后，喜颠颠地随父亲下地干活。在田埂上，父亲对我说的那句话，又在耳旁响起："孩子，阳光是不锈的，阳光无论照到哪，哪里都永远闪烁着金色的光芒。"

我怀里一直揣着阳光不锈这个信念，离开了家乡，到一个完全陌生的城市闯荡去了。当我人生遇到困厄和痛苦，甚至想放弃时，父亲对我说的阳光不锈这句话又在耳旁响起。我就去看阳光，看落日、看旭日，那像瀑布似的从天空中泼洒下来的阳光，像一团熊熊燃烧的火焰，在我心里点亮万丈光芒。

第七辑

光阴里的褶皱

这些都不是悲观的理由

妻子是一名心理医生，经常有来找她咨询心理方面问题的人。这些找她咨询心理方面问题的人，有许多人来的时候，带着满腹委屈和牢骚，离开时，一身轻松，脸上荡漾出一缕抹不去的幸福和甜蜜。

一天，诊所里来了一个十六七岁的小姑娘。小姑娘长得亭亭玉立，一双眼睛仿佛会说话似的。小姑娘坐下后，欲言又止，好像有满腹的心事。

妻子给她倒了一杯水，轻轻地捋了捋她额前的刘海。小姑娘终于吞吞吐吐地说道，我是一名中学生，几个月前，我爱上了班上的一个男孩子。和那男孩子在一起，我感到很幸福、很甜蜜。可是不久，那男孩子又移情别恋了，爱上了另外一个女孩子。我现在感到一切都完了。男孩子信誓旦旦的誓言还在耳边回响，他怎么就这么快爱上了另外一个人？

小姑娘说着说着，就梨花带雨地哭泣起来。她说，为了那个男孩子，她现在课也上不下去了，她觉得她再也得不到爱了，活着真是一种痛苦和折磨。

看着小姑娘一副楚楚可怜的样子，妻子心里顿时溢满了柔软，她轻轻握住小姑娘的手，温柔地说道，听我说一个故事，听完这个故事，你再决定活着是否是一种痛苦和折磨。30多年前，也有一个和你一般大的小姑娘，她也恋爱啦！他们爱得很隐蔽，也很热烈，那时，她觉得整个天空都是属于她的，为了爱，她甚至逃学，只想和他待在一起，一刻也不愿分离。后来，这件事还是被老师和家长知道了。他告诉她，他的父母要把他送到英国去读书，他们将来不可能在一起，他只能结束这份感情。那一刻，她感到天都要塌下来了。她把这份初恋看得无比神圣，甚至像飞蛾扑火般地投入到这份感情中，没想到，换来的却是这般结局。痛定思痛。小姑娘没有自暴自弃，没有认为活着是一种痛苦和折磨。小姑娘走进教室，开始了全新的学习和生活。高考后，小姑娘以优异成绩考上了医学院，当了一名心理医生。"

小姑娘睁着大大的眼睛，问道："那个心理医生现在在哪？"

妻子轻轻地拍了拍小姑娘肩膀，笑道："那个当年的小姑娘就是我啊！"

小姑娘愣了好一会儿，忽然扑进妻子怀里，哭了起来。妻子轻轻拍着小姑娘的后背，脸上露出欣慰的笑容。她知道，小姑娘心里那个解不开的"结"已经解开了，她的眼前变得明媚、妖娆起来。

一天，一个面容憔悴的中年人走了进来。他坐下后，重重地叹了一口气，说："我现在活得太累了，生活压力太大了，我真不知道该怎么办了！"

妻子亲切地问他是干什么工作的。

中年男子又重重地叹了一口气，说道："我是搞工程的，在我们那个圈子，我一直是龙头老大，无人能超过我的。没想到，从去年开始，有两个年轻的后生，他们一下子超过了我，我成了'小三子'了。我越想越憋屈，吃不香，睡不好，心里充满了焦虑，我不知道该怎么办了。早知道，我就不在这个圈子混了，哪个行业都比我们这个行业轻松。"

中年男子脸上布满了痛苦和焦灼，甚至有一种痛不欲生的感觉，好像到了世界末日。

妻子和蔼地说："如果要说压力，我们每一个生活在这个世界上的人都有压力，如果要说没有压力那是不切实际的。而如何化解，却是一种智慧。无论在哪个行业，都有不断胜过、超越自己的人，这才构成了我们这个芸芸众生，这个万千世界，这才使我们这个社会不断发展和进步。"

中年男子静静地听着，脸上浮现出惊讶的神色，他愣了好长一会儿，忽然，他呼啦一下子站了起来，激动地说："谢谢您帮我解开了心中那个'结'，现在我终于明白了，我不可能永远是那个地盘上的龙头老大，只有拥有一个良好的心态，才比什么都重要。"

妻子意味深长地说道，人生总会遇到许多沟沟坎坎，但每一条沟、每一条坎，无论有多大、有多深，这些都不是悲观厌世的理由。我们所能把握的就是要追求一种自身的和谐，只有自身和谐了，才能与外界达到和谐相处。

你装饰了别人的梦

丛娜在她眼里简直太幸福啦：丛娜嫁了个有钱的老公，住在别墅里，做个全职太太，不用每天为上下班奔波，每天过着十分悠闲、潇洒、自在的日子。打打麻将、逛逛街、做做美容、喝喝咖啡，这日子过得多幸福啊。

她经常向丈夫谈起她的好朋友丛娜。说起丛娜，她的脸上流露出满是羡慕的神色，嘴里还不住地发出啧啧赞叹声。说着说着，她想到了自己，自己和丛娜比起来，简直是比灰了。自己的老公只是一个普通的小工人，每月只拿那几个辛苦钱，一直没有什么发展空间。她常常满是怨言，说他没本事，挣不到钱，想当初，她嫁给了他，真是瞎了眼。

他听了，并不恼，只是嘿嘿地笑了笑，然后将她换下的衣服拿去洗了。看着他单薄的背影，她的心里真是五味杂陈，涌起一缕酸涩。

那天，丛娜敲开了她家的门。丛娜一见到她，立刻一脸梨花带雨地哭泣起来，肩膀在发抖，看得出，她受了很大的委屈。眼前情景，令她大为惊讶，丛娜今天是怎么啦？她一直像个小女人似的，享受生活的美丽，从来没有受过什么委屈啊。

她轻轻地拍着丛娜的后背，关切地询问发生了什么事。

丛娜哭泣了很长时间，才哽咽地说道，他在外面早就养了个女人，这事大家早就知道了，就我不知道。当我责问他时，他什么话也没说，只是递过来一纸离婚书。那一刻，我惊呆啦！离开了他，我不知道自己该怎么活，过去，我一直生活在他的世界里，是他的世界，才让自己多姿多彩起来。

最后，丛娜哀求他，希望他不要离开她，只要他给予她这种生活，至于他在外面想干什么就干什么。

可是，他一句话也没说，拂袖而去。

丛娜紧紧地拉着她的手，问道："我该怎么办？"

她惊呆了。丛娜丢掉了一个女人最起码的矜持，变得在乞求婚姻，只是为了让自身的光环不要失去。

丈夫下班回家了。一进家，丈夫从包里拿出一盒健胃药，对她柔声地说道，你这几天胃不太舒服，我听我们厂医介绍说，这种药对缓解胃痛很有帮助。

她接过丈夫递过来的药，目光突然变得柔和起来，她紧紧盯着丈夫，眼睛不曾离开。

丈夫见了，脸一下子红了，有些羞涩地说："你今天是怎么啦？怎么这样看人啊！我到厨房做晚饭去了。"

丛娜眼睛里露出羡慕的神色，她不禁感慨地说："你多幸福啊，你有一个对你知冷知热的丈夫，而我却没有。"

她听了，一愣，没想到自己一直认为没有妖娆的风景的生活，在丛娜眼里，却变得多姿多彩起来。她不禁想起著名诗人卞之琳在他的诗歌《断章》中的几句：你站在桥上看风景/看风景的人在楼上看你/明月装饰了你的窗子/你装饰了别人的梦。

原来，自己一直在装饰别人的梦，那个梦，被自己无限想象、放大。其实，这只是一种臆想的美好。每一个人有每一个人的风景，哪怕自己只是一株狗尾草，也是一种娉婷，在轻轻摇曳。

不会发出声响的破碎

邻居老王是个十分热情、好客、开朗的人，邻居家有什么困难，他总是热情相助，而且有求必应。邻里之间，和老王家相处得很和睦、很融洽。老王有时在家弄了几个下酒菜，也喊我到他家和他一起喝两盅。遇上这么一个好邻居，真的是人生的一种幸福啊！一次，我和老王又坐在一起喝起酒来。三杯两盏酒喝下去，老王轻轻地叹了一口气，好像有什么心事。我看出了端倪，忙问他有什么心事。

老王说，他和老伴过几天就要去加拿大给女儿带孩子，要半年后才能回来，可这家却没有人照看，心里很着急。

我豪爽地说："你也别发愁了，你走后，我帮你看门！"

老王听了，高兴地拉着我的手说："老弟啊，太感谢你啦！"

我说："谢啥呢？我不在家时，你不是每天帮我接送小孩吗？邻里之间，互相帮个忙是应该的。"

老王临走时，将他家大门钥匙交给我，还不停地说希望他们不在家这段时间里，就让我把他们家当作是自己的家，千万别客气，想怎么用就怎么用。

　　我接过钥匙，热情地说道："放心吧，你不在家这段时间，我一定把你家当作是自己的家！"

　　老王激动地说："还是邻里好，赛金宝啊！"

　　就这样，每天晚上我在家忙完了，就去老王家检查下门窗和水电气，然后就在他家休息。

　　星期天，几个朋友来找我打牌。我一想，老王家正好有一台自动麻将桌，就让朋友到老王家打牌。朋友们看到老王家没有人，房子又宽敞，心里甭提有多高兴啦。大家打牌、唱歌，饿了，就到厨房烧点东西吃，再喝上几杯啤酒，大家好不快活。

　　有朋友小声地提醒，我们这样把人家弄乱了，人家回来会不会有意见？

　　我把手一挥，说："我和邻居老王亲如兄弟，他对我说了，把他家就当作是自己家，不要客气。"

　　听我这么一说，大家再也不把自己当外人了，无拘无束，潇洒自如。

　　转眼，半年过去了。那天，老王夫妻回来了，他们进门一看，见我带着一帮朋友在他们家打牌、唱歌，家里弄得乌烟瘴气，乱七八糟。老王站在门口，一下子愣住了，好像不认识自己家了。过了好一会儿，他才缓过神来，脸上露出一丝惊讶和不悦的神色。

　　朋友见是主人回来了，个个尴尬地离开了。

　　不知怎的，老王从此再也没有喊过我到他家喝酒了。我有几次喊他到我家来坐坐，老王也推辞了。过了一段时间，老王夫妻又到加拿大给他女儿带孩子去了，我以为老王又要找我替他看家了。

　　不过，他这次没有再找我帮他看家，而是喊了一个亲戚过来了。我心里很不解。

　　老王回来了。我对老王说："你这次到加拿大帮你女儿带孩子，怎么没让我帮你看家？"

老王神情复杂地回答道："你忙，你忙！"然后，显得很忙的样子，匆匆告辞了。

望着老王匆匆离开的背影，我心里充满了疑惑和不解。

闲暇，躺在床上看书。看到台湾著名作家林清玄在一篇文章中写道，信任、关系和诺言，这三样东西，是人与人相处中最宝贵的东西，它们比金子都珍贵。但是，这三样东西，也十分脆弱，稍有不慎，就会被打碎。而且这三样东西被打碎，不会发出任何声响。

看到这里，我仿佛被什么东西重重地击打了一下，一骨碌地从床上跳起。我想到邻居老王为什么不再让我看家的答案了，原来我打碎了维系在我们之间最宝贵的三样东西：信任、关系和诺言。

别人的恩典，自己的责任

父亲常常对我说起这样两个故事：抗日战争时期，父亲是一名新四军战士。一次，一个新战士在擦枪时，不慎走火，一发子弹擦着他的眉毛飞过。随着一声刺耳的枪声，父亲和那位新战士全惊呆了，刚才那一幕可太惊险啦。连长走了过来，对那位新战士进行了严厉批评，还要关他禁闭。父亲却淡淡地说道，刚才发生的那件事虽然很惊险，但我还应该感谢他的恩典。连长疑惑地问道，你怎么还要感谢他的恩典？父亲说道，是的，如果他的枪口再稍微抬高几毫米，我的脑袋就开花了，这不能不说是他对我的恩典；同时，我更加认识到自己的责任，我们只有富有高度的责任感，才能不对自己的同志犯过失。连长听了父亲的一番话，沉思良久，说道，你说得很对，无论什么时候，只要没对我们造成致命的伤害，我们都应该

记着别人的恩典，牢记自己的责任，才会取得战斗的胜利。

父亲每说完这个故事，就用手捶打下我肩膀，诙谐地说："你说，我是不是要记着他的恩典？如果当时他的枪口再稍微抬高几毫米，不就没有你小子今天了吗？"

我摸着自己的脑袋，嘿嘿地憨笑着，心里却暗暗思忖，父亲说得真好。

"文革"时，父亲被"造反派"打倒了。那个"造反司令"更是疯狂至极，他将父亲押上主席台，抽出裤腰上的皮带，用力抽打着父亲。父亲身上被抽打出一道道血痕，最后皮带竟被抽断成了两截，父亲遭受了非人的痛苦和折磨。"文革"结束后，那个"造反司令"专门上门，向父亲表示道歉，请求父亲宽恕自己当年的鲁莽和幼稚。父亲握着那个"造反司令"的手，爽朗地笑道："我应该感谢你的恩典啊！""造反司令"听了，一脸疑惑地望着父亲。父亲说："当年，你如果再抽重点，或者再抽断几根皮带，我这命早就呜呼哀哉了。"'造反司令'听了，羞愧地低下了头。父亲转而又语重心长地说："我们要记住别人的恩典，更要牢记自己的责任，不盲从、不跟风，尊重每一个生命，也是对自己的尊重。""造反司令"听了，连连点头，脸上露出羞愧的神色。

父亲每说完这两个故事后，总是语重心长地对我说："孩子，人生中，无论别人对自己造成什么样的伤害，是有意还是无意，都应该感谢别人的恩典。有些伤害是难免的，有时是受环境、气候、人云亦云等因素的影响。当自己的力量无法改变这一切时，只能默默地接受、默默地承受，这是一种隐忍，更是一种智慧。不记恨、不消极、不耿耿于怀，心中才能永远充满感恩和爱。"

这两个故事，我听了一遍又一遍，但每次听到从父亲口中说出，就会感到一种新颖和别致，用一颗恩典的心，对待那些给我伤害和使绊的人，淤积在心中的那些苦闷和忧愁，就会渐渐化解，使我的脚步迈得轻盈起来。

回过头去看，我真的要感谢别人的恩典，它使我一直走到现在。往前看，我更清楚自己的责任：不轻易地去伤害一个人，甚至一朵花的绽放，这也是一种做人的底线和尊严。

光阴里的褶皱

我和沈浩曾经是一对十分要好的朋友。两人同在一个班，上学、放学一道，两人形影不离，有人戏称我俩是一对好兄弟。

我清楚地记得，那家院子里种的柿子树。每当长出一个个青溜溜的小脑袋，我俩就等不及了，一个放哨，一个悄悄地爬上树，拽下几个青柿子，赶紧跳下树。一路上，两人啃着酸掉牙的柿子，龇牙咧嘴，却感到很快乐。

沈浩家里的条件不太好，他父母靠四处打零工为生。我常常从家里带些好吃的零食给沈浩吃，沈浩常常感动得眼圈红红的。我豪爽地说："咱俩是哥们，不用客气的！"

上高二时，一天，沈浩偷偷地告诉我，他看上了班上的学习委员晓菲了，他看到晓菲和我坐同桌，请我转交给晓菲一封情书。

我听了，心口突然堵得慌，一下子愣住了。因为，我也早就看上了晓菲，从晓菲的眼神中，我看出，晓菲对我也有好感。晓菲曾对我说，将来两人考同一所大学，我俩还坐同桌。说完，两朵红晕羞红了她的脸，就像她辫梢上的那枚殷红的蝴蝶结。那一刻，我感到好幸福、好甜蜜，从此学习上更刻苦、更努力了，为的是将来我俩上同一所大学，还

坐同一个座位。

没想到，沈浩也看上了晓菲，而且还要让我转交一封情书，我顿时感到一片茫然和困惑。对于沈浩的要求，我很想拒绝，可是，我又怕失去我与沈浩之间的友情。万分痛苦之中，我还是接过了沈浩递过来的情书，赶紧把头扭了过去。我怕沈浩看见我眼睛里的泪水。

上课时，我偷偷地将沈浩写给晓菲的情书夹在她的课本里。晓菲看见了，脸一下子红了。看到她羞红了的脸，我感到心口很痛。第二天，我看见晓菲的脸色很难看，只听见她对我轻轻地说了句："真没出息，帮人家传递信件，自己像个缩头乌龟。"

看到晓菲面露愠色的面孔，我胸口堵得慌，一句话也说不出。后来，晓菲和别人换了座位。我知道，晓菲一定很生我的气。

传递情书失败，沈浩沮丧了好一阵子。不过，他的目光中，好像还有一丝不甘的感觉。

快要高考了，一次上学时，我和沈浩并排着往学校走去。突然，一辆疾驶而来的摩托车迎面冲了过来。千钧一发之际，我将沈浩往旁边一推。沈浩安全了，可我自己却被摩托车撞伤了腿。

在医院住了20多天。高考时，我还挂着拐，拖着一条伤腿进了考场。

高考结束了，沈浩被北方一所重点大学录取，我只被一所二流大学录取。

分别时，沈浩紧紧拥抱着我，用力拍打着我的后背，声音有些哽咽地说道，兄弟，我会记住你的恩情的！

目送着沈浩远去的背影，忽然，我看到沈浩走到一个女孩子的身旁，拿起女孩子身边的包，然后和女孩子说说笑笑往车站走去。

我心里仿佛被什么东西重重地击打了一下：那是晓菲的身影。

我一时难以相信自己的眼睛，沈浩什么时候把晓菲追到的？

我忽然想到，我受伤住院时，一次，沈浩到医院来看我，不经意间，我发现他的书包里有一枚殷红的蝴蝶结。我问："你书包里的那个蝴蝶结是谁的？"

沈浩没有回答，只是慌乱地遮掩起来。现在想起来，一定是那段时间，沈浩追上了晓菲。晓菲也考上了北方的一所大学，想必，现在俩人成了恋人了。

我第一次感到光阴里有了褶皱，我想抚平那褶皱，可是那褶皱又出现了。我的眼前变得模糊起来……

开始，我和沈浩两人还频繁通信，互相告诉着各自的学习、生活情况。渐渐地，俩人写信的次数少了。几次放暑假回家，我都没有见到沈浩。听沈浩家人讲，沈浩在学校很忙，没时间回来。

一次放暑假，我到沈浩家，看到沈浩的母亲正生病躺在床上。我二话没说，连忙打车将她送到了医院。沈浩的母亲终于转危为安，她拉着我的手，眼圈一下子红了，不停地说道，你比我的亲儿子都亲啊。

快毕业了，一天，我接到了一个电话，电话是晓菲打来的。晓菲第一句就是："沈浩不是个东西！"

我听了，感到非常吃惊，忙问是怎么回事。

晓菲抽泣地说道，沈浩在实习时，看上了那家公司老总的女儿。于是，他开始拼命追求那女孩子，终于将那女孩子追到手了。随后，他无情地将她抛弃了。

听到晓菲的泣诉，我一时百感交集，不禁泪流满面……

仿佛过了几个世纪。只听晓菲轻轻地问了我一句，你心里现在还能容下我吗？

往事又历历在目，我一直记得晓菲当年的笑、记得辫梢上的那枚蝴蝶结、记得面颊上的两朵红晕……

我哽咽地说："我身边的座位还是空的，你说过，我俩要坐一个座

位，这个座位永远是你的。"

我听到电话那头，晓菲早已泣不成声……

我又一次地感到了光阴里的褶皱。光阴，将一个曾像一张白纸的人，熏染成浑身沾满世故和情感复杂的人。我们每一个人，都在光阴的大染坊里，熏染着自己的人生，但无论怎样熏染，诚实、善良，永远是人生最亮的底色。

最好的调味品

20世纪60年代初，有一年，苏北老家一下子老老小小来了十几口人投奔到我们家。二十几平方米的小屋子里，一下子塞进来这么多人，气都感觉透不过来。大家都打着地铺，睡在地上。

听大人们悄悄地说，老家遇到灾年，现在吃不饱肚子，有许多人饿死了，实在没法，他们才投奔到我们城里来了。

我不谙事理地问道："怎么饿死了人？"

母亲听了，一巴掌打了过来，严厉地呵斥道："小点声，让人听见了可不得了，我们单位的一个老师傅，就因为从苏北老家回来，对人家说，'那里饿死人了'，结果被打成了'右派'，现在天天开批斗会，可惨啦。"

那时，我不知道"右派"是什么东西，但从此我对饥饿充满了一种恐惧，饥饿是不能大声讲的，如果说出来，就是会被打成"右派"，只能像母亲说的那样，得小点声说。

母亲压低嗓音对亲戚们坚定地说道："只要我们有一口吃的，就有你们吃的，保证不会饿着大家的。"

亲戚们感动得热泪盈眶，他们拉着母亲的手，不停地抹着泪水。

那时，城里是按计划供应粮食，一个人每月只有二三十斤，只够勉勉强强吃的。家里一下子来了这么多人，粮食根本不够吃了。母亲非常聪明，为了解决这十几口人的吃饭问题，她每天在锅里放上少许粮食后，再放许多青菜，做成一大锅菜汤饭。这汤汤水水的一碗饭，大家吃起来感到格外香甜。

母亲看到我狼吞虎咽地吃着饭，目光中闪烁着一丝晶莹，她爱怜地抚摸着我的头说道："饥饿是世界上最好的调味品，常常保持着一种饥饿，才会觉得吃什么都感到香甜。"

我惊讶地望着母亲，脸上满是困惑和不解：饥饿怎么会是世界上最好的调味品？

如今早已不再有那种吃不饱的饥饿惨景了，饥饿早已成为一个陌生而遥远的词汇。只是有时因为忙碌没有按时吃饭，才会感到饥肠辘辘，于是那一餐不管有菜没菜，一定吃得格外香甜。原来饥饿真的是世界上最好的调味品。

我来搜索一下

儿子大学放假回来，我正在写一份材料，有一个字正好不会写，就把笔递了过去，说道，"噘嘴"的"噘"这个字怎么写？

儿子推开我的手，说："我来搜索一下。"说罢，拿起手机，用手指在屏幕上快速地划着。我见了，不禁皱了皱眉头。过了好一会儿，儿子把手机递了过来，对我说："这样写的。"

我没有言语，心里涌出一丝不快。心想：问你是怎么写的，你告诉下不就行了吗？还来个什么让我搜一下，佯装深奥，真是多此一举。

晚上看电视，听到一句台词，我一时想不出来是什么意思，就问正在身边的儿子，这句台词是什么意思？

儿子说道，我来搜索一下，于是，掏出手机用手指在屏幕上快速地划着，过了一会儿，他将手机递过来给我看。

儿子的怪异举动，让我挺疑惑，我不禁皱起眉头，盯着儿子的脸看着。看得他好像有些心怵，儿子惴惴地问道："您看我干什么？看手机啊！"

我没有看，而是再次问道，"钥匙"两个字怎么写？

儿子接着回答："我来搜索一下！"

我又问道："'谄媚'两个字怎么写？"

儿子接着回答道："我来搜索一下！"

我突然跳了起来，说道："搜什么搜？你怎么就知道搜、搜、搜！我问你是怎么写，你写给我看，或者说左边是什么，右边是什么，不就行了吗？就像你小时候我教你认字一样，在小学里，你们老师不也是这样教你的吗？"

儿子听了，扑哧一下笑出声来，他不屑地回答道："这些字我很长时间不写了，平时遇到不会写的字用电脑、手机搜索一下就行了，既快又方便，现在还要会写那些字干什么？"

儿子的一席话吓了我一大跳，怎么？儿子平时就是靠"搜索"一下过活的吗？

我又问了儿子几个字，有的甚至很简单，可儿子几乎都不会写，只知道"我来搜索一下"，离开了手机，他简直是个汉字文盲。我不禁惊出一身冷汗，他一个大学生，那些他小时候学过的字怎么全忘了？

我从书房拿出几本字帖，对儿子说："这个假期你哪儿也别去了，更不要去什么所谓创业，你就老老实实在家把这些字学会了，假期结束了，我还要考你！不然，你就从小学一年级开始重新上学。"

儿子脸一下子红了，额头上还渗出一丝汗珠。他接过字帖，翻开看，边看边自言自语道："这上面的字，我真的有许多不会写呢，老爸您说得对，看来我真的要从最基本的学写汉字开始。"孩提时，老师在黑板上，每教一个字，都要求我们要领会其中的音、形、意，没想到，现在全忘了，只会来搜索一下！

看到儿子有所醒悟，我心里有些高兴，但又有点心痛。没想到，儿子念到了大学，把基本的汉字书写都弄丢了，真不知是悲哀，还是进步。

从不失眠的我，那一晚，失眠了！

敢于不成功

阿松大学毕业后，很顺利地进入了一家外资银行工作，成了人人羡慕的白领。

阿松精明、能干，很得老板的赏识，一年不到，他就被老板提拔到主管位置，还要派他到花旗银行总部进修，回来后，升职空间更大。

老板拍了拍他的肩膀，意味深长地说道，年轻人，好好干，你的前途无量啊！

阿松成了我们大家十分羡慕的人。就在大家十分看好阿松，觉得他下一步将会有更大发展时，一个令人十分震惊的消息传来：阿松辞职了！

我十分不解地问道，你是一个离成功最近的人，为什么要辞职？

阿松听了，目光中仿佛泅上了一片晶莹，他深情地说："我有一个梦想，那个梦想，是那么强烈地在召唤着我，它让我魂牵梦萦。我是从贫困山区走出来的人，我知道那里最缺什么，我就想到穷困山区去当一名代课教师，一辈子。我放弃了这里优越的工作，但是，我实现了人生梦想，我感到自己是最幸福的人。"

我还是不解地问道："你这样离成功不是更远了吗？成功，那可是我们人生最大的梦想啊！"

阿松听了，淡淡地一笑，说："是的，成功，是人人追求和渴望的一个梦想。但是，敢于不成功，做一件自己最想做的事，也是人生的一种幸福和拥有。"

那一刻，我的心溢满了柔软。我看到，阿松的目光中，闪烁着无比幸福的光芒。这种幸福的光芒，也深深地感染了我，我沉浸在他的这种幸福之中……

阿松走了，走到那云雾缭绕的大山里去。他放弃了成功，去实现他人生不成功的梦想。望着他义无反顾的背影，我的目光，顿时变得一片蒙眬……

认识一位朋友，他有一个当大老板的老爸。在大学里，他老爸经常开着豪华奔驰车来看他。同学们都很羡慕他，说他将来到他老爸公司里谋个职位，那是很轻松的一件事。

每当大家羡慕他的人生时，他总是不置可否地笑笑，只是一味地摆弄着他心爱的相机。不经意地，抢拍出几张照片，看着自己拍摄的照片，他好不得意和快乐。

让人大跌眼镜的是，大学毕业后，他没有像同学们猜测的那样，进他老爸的大公司，成为一名让人羡慕的成功人士，而是拿起他心爱的照相机，云游四方，拍摄山山水水、风土人情去了。很快，那一张张风光旖旎、人生百态的照片，发表在许多报刊、杂志上。他开通的博客，每天都有大量的点击率。人们从他拍摄的那些照片中，感受到了他行走的步伐、感受到了他火热的激情、感受到了他的信心和力量。

我问他，为什么放弃那诱人的成功，去走另一条更加艰险和磨难的路子？那条路，似乎永远看不到成功的尽头。

他听了，目光中闪烁着一种令人心动的柔情。只听到他喃喃地说："那条路，虽然离成功越来越远，可是离梦想却越来越近，它给了我心灵的平和与宁静，而这正是我最向往和追求的一种人生境界。"

那一刻，我感受到了他心灵轻舞飞扬的飘逸和迤逦，周遭氤氲在一片温暖和感动中……

在这个人人渴望成功、实现人生最高价值的时代中，敢于不成功，做自己喜欢做的一些事，更需要一种勇气和决心。它让我们感受到了一种心灵轻舞飞扬的美丽和绽放。从某种意义上讲，敢于不成功，也是人生的一种成功。

第八辑

一片河水落下来

中途别下车

一对新婚小青年正在公园草坪上拍照留念。看着他们那份甜蜜、缠绵和幸福的样子，坐在公园椅子上的一对老夫妻，脸上挂着慈祥的微笑。老伯将嘴凑在老太的耳边，喃喃轻语着。两人常常会心地一笑，他们仿佛也看到自己年轻时的情景。不知不觉，两位老人的手紧紧地握在了一起，脸上露出一种淡定、温暖的笑容。

两位小青年甜甜蜜蜜、缠缠绵绵地不知不觉走到这对老夫妻跟前。他们看见这对老人好像在望着他们笑，那笑容里，满是慈祥和温暖，看得他们心里溢满了一缕暖阳。两人情不自禁地和老人打着招呼。

老伯颔首微笑道："年轻人，祝你们幸福！"说完，又侧身附在老太的耳边轻声耳语着什么。老太听到了，也不住地颔首微笑。

女孩看了，好生羡慕地说道："老伯，您对大娘说什么呢？总是这样窃窃私语的。"

老伯微笑道："我这是在给她做讲解员呢，她的眼睛已经看不见任何东西了，我就是她的眼睛了。"

仿佛有阳光落地的声音，"砰"的一声，周遭顷刻间溢满了一种别样的温暖和甜蜜。女孩眸子里溢满了柔情，她走到大娘的面前，帮大娘理了理衣襟，拣去大娘头上的一片树叶，柔柔地说道："大娘，您好幸福啊，有老伯这么细心地给您讲解，您就什么都能看见了。"

大娘听了，脸上绽放出舒心的笑容，像盛开的菊花，明艳、亮丽。大娘笑道：“姑娘说得对，有他在我身边，我看得更清楚、更亮丽了，我看到了花的艳丽，看到了鸟的飞翔，还看到了悠悠的白云，生活在我面前始终绽放出更加明媚和妩媚的笑脸。”

大娘一番动情的描绘，让两位年轻人听了目光里顿时涸上了一片晶莹。女孩用手轻轻戳了男孩一下：“听到了吗？你看大娘多幸福，她虽然看不见了，但是老伯就是她的眼睛，我要是看不见，你能当我的眼睛吗？”

女孩的目光里有着一丝含嗔。

男孩用手紧紧握住女孩白嫩柔软的手，脉脉深情地说：“不会的吧，何必说得那么遥远，我们才开始呢！”

女孩转身又问老伯：“大伯，您和大娘在一起生活了有多少年？”

大伯听了这句话，扭头望了望身边的老伴，目光变得更加柔和起来，他爽朗地说道：“60年了。”

仿佛石破天惊，女孩和男孩不禁相视一望，伸了伸舌头，惊叹道：“这么多年？一直没有分开过吗？”

老伯用手绢擦了擦大娘的嘴角，说道：“没有啊，既然上了这趟车，无论这是辆什么样的车，沿途看到的无论是什么样的景致，无论是条什么样的道路，崎岖或者蜿蜒，中途都不要随便下车。这是辆只有起点，没有终点的长途汽车，要坐上一生、一辈子。”

老伯的一席话，让女孩、男孩感动莫名。他们相互凝望着，那一刻，仿佛要看透彼此的心灵。少顷，他俩情不自禁地走到两位老人面前，轻轻拥抱着两位老人，说：“谢谢你们，你们的话是送给我们最好的新婚礼物，中途别下车，要坐一辈子，像你们两位老人一样。”

两个年轻人渐渐走远，他俩依偎着，十指紧紧相扣。阳光温暖地照在他俩身上，像披上一片金色的羽毛。

两位老人笑了。笑得很慈祥、很温暖。

苍蝇还会飞回来

儿子大学毕业后，终于在一家外资企业找到了一份工作。看到儿子工作了，全家人都很高兴。儿子工作了，也了却了我们一个心愿。

没想到，儿子才干了没有2个月，就卷着铺盖回来了。我吃惊地问道："出了什么事？"

儿子气愤地说道："我不干了，那是个什么单位？这样的单位我怎么能干下去？"

我忙问："这到底是怎么回事？"

儿子说："我在车间里上班，我看到那个车间主任就一肚子气。他自己不干什么事，还整天唬着个脸，动辄就训人，看到漂亮的女孩子，就喜欢讲几句荤段子，看到女孩子羞涩地低下了头，他就会哈哈大笑，仿佛得到了一种心理上的满足和快慰。还有，他看到老板来了，立刻一副讨好卖乖的样子，跑前跑后，低眉顺眼的，看了他那个样子，就像是吃了一只苍蝇。于是，一气之下，我就辞了职，回家了。"

我惊讶得目瞪口呆，嗫嗫嚅嚅道："怎么？就因为这事辞职不干了？"

"那当然，看到车间主任的那个样子，我就恶心。"

我小心翼翼地问道："那你回来后怎么办？"

"我重新再去找个好单位不就行了吗？"儿子一脸轻松地说道。过了一段时间，儿子回来告诉我说："这下好了，我又找到了一家单位，再也不会看到原来车间主任那恶心的样子。儿子一脸喜悦去上班了。"

看到儿子那青涩的背影，一缕深深的忧虑袭上了心头。

没几个月，儿子又义愤填膺地回来了，他将铺盖往地上一摔，说："我不干了。"

我吃惊地问道："又是怎么回事？"

儿子说："那个项目经理岁数不大，比我还小几个月，可处处爱贪小便宜。上次来客户，他买了两包香烟，却多开了一包烟的发票报销了。这事我看到了，真恶心。还有，上次在饭店吃饭。临走时，他把剩下的一瓶酒，塞进口袋里，偷偷地带回家了。那一幕，我也看到了。可是，他却常常教训我们不要贪小便宜，要廉洁奉公。这个项目经理怎么说的和自己做的一点不一样啊？就这样，一气之下，我辞职了。"

我惊讶地张大嘴巴，好长时间才说："就因为这事你就辞职不干了？"

儿子疑惑地看着我，一脸轻松地说："怎么啦？这么紧张兮兮的，我就是看不惯这些说的和做的不一样的人，过几天，我再去找个工作不就行了？"

儿子又去找工作了，他要找一个干净，甚至看不见一只苍蝇的地方。

我一时语塞。看到儿子那张干净还散发出稚嫩的面孔，我心里溢满了一种复杂的情感。儿子眼里的世界是干净、透明的，甚至不含一丝杂质。可是，当他看见飞来一只苍蝇后，立刻感到受不了了，他想找一只苍蝇也没有的地方。

我知道，此时此刻，再多的说教、再多的启发、再多的开导，也很难拨开儿子眼前的那层薄纱。想了想，我给儿子发了这样一条短信：苍蝇还会飞回来。

过了很长时间，儿子回复了这样一条短信："老爸，我懂了，苍蝇无处不在，无时不有。当我改变不了这个世界，我要努力地使自己不变成一只苍蝇，这才是最重要的。"

只夸盐，醋会失落的

外甥对我说了这样一件事。他说，他们科室组织了一项技术攻关，经过大半年的紧张工作，这个项目取得了突破成果，领导对他们这个科室进行了奖励。可是，在奖励名单中，唯独缺少了他们这个科室的打字员小夏。

外甥说："在这个项目攻关中，虽然打字员的作用，与其他搞技术人承担的责任和风险不一样，但也是必不可少的。每天她需要打印许多材料，加班加点，工作也很辛苦。如果奖励没有她一份，这对她也是一种不公平，是一种轻慢和蔑视。"

外甥说，他从奖励自己的那份中，悄悄地拿出一部分给了小夏，并对她说这是领导给她的奖励。

小夏接过那份奖金，感激地望着外甥，眸子里闪烁着晶莹的泪花。从此，小夏的工作积极性更高了，每天脸上荡漾着甜蜜的笑容。

外甥深有感触地说："一件小事如果做不好，对一个人的心灵打击是残酷的，甚至是毁灭性的。"

朋友小王对我说了这么一件事。他说，一次，他们单位聚餐。席间，局长来到他们这张桌前，向每一个人碰着杯，说着感谢的话。可是，没想到，局长唯独没有和他碰杯，从他这边跳了过去，和另外一个人碰了杯。

小王说，那一刻，他举着酒杯，一下子僵住了，他不知如何是好。

这件事已过去很长时间了，可是，他一直放在心上，难以释怀。每每想起，那一幕就会像刀子一样，刺痛了他的心。

他说，一桌子的人，局长为什么没有跟他碰杯？局长对他肯定有看法、有意见，可是，他又不知道自己哪里做错了。这让他有了重重的心事。

没想到，一次不经意的碰杯，在小王心中，留下了这么大的阴影。

闺密小张对我说了这么一件事。她说，她们科室主任结婚。全机关都发了请柬，唯独没给她发请柬，她也不知道是怎么一回事。面对这一尴尬局面，她不知如何是好。

大家参加了主任的婚礼后，第二天一上班，他们就津津乐道起主任婚礼的热闹场面。看到大家有说有笑的样子，小张如芒刺在背，浑身觉得不自在。

小张泪眼婆娑地说道，主任一定对自己有意见，要不然，发请柬，只有自己一个人没发。她感觉，这件事，对自己是一种暴力打击。

央视著名记者白岩松在《用理想和现实谈谈青春》一文中说："曾经有人问我，对我影响最大的一本书是什么？我说是《新华字典》。一顿饭吃完，你只夸了盐，醋是会失落的。其实，对我影响大的书太多了，我没法去一一评说。"

别只夸盐，忘了醋。这一个小小细节，也折射出一个人的心胸和视野。它给人带来的不仅仅是绵绵不绝的快乐和甜蜜，也是整个春天。

祖母的最后时光

再有一个月，就是祖母99岁生日了。祖母的生日我一直记得清清楚楚，从没有忘记过。我对祖母的感情很深。从小，我就是祖母带大的，长大了，无论在外地上学，还是工作了，每当到了祖母生日那一天，我就会回到家乡，给祖母买个生日蛋糕，再磕几个头，这成为我生命中最重要的仪式。

　　大概在祖母90岁的时候，我对祖母说，我一定要给您过百岁生日。

　　祖母听了，伸出她那苍老但依然柔软的手，爱怜地抚摸着我的脸说："我的好孙子，谢谢你啦！活得太久了，我要走了，我要去和老头子见面去了，我们再也不分开了。"

　　祖母说这话时，声音有些激动，她似乎已经等待太久了，等得她有些急不可待，就像是赴一场约会，心如鹿撞。

　　祖母三十几岁时，祖父就去世了，从此，再也没有改嫁，一个人含辛茹苦地将几个孩子哺育成人。据说，祖母年轻时很漂亮，是十里八乡的大美人。当年，祖父是村子里戏班子一个唱戏的小生。他用一句句字正腔圆的唱腔，终于赢得了祖母的芳心，将祖母娶回了家。从此，两人开始了幸福的生活，过了十几年，养育了三个孩子。祖父因病去世后，许多媒婆找上门来，要给祖母说亲。

　　那时，祖母依然年轻美貌，丰韵犹存。祖母听了媒婆来意，总是淡淡地说："他不曾离我远去，他就在我身边，他的唱腔，依然在我耳边响起，我的心，再也装不下别的人了。"祖母说着，一脸平静，没有一丝悲伤。

　　抗日战争时期，县城的一个伪警察局局长，看到祖母美貌如仙，被撩得魂不守舍，三天两头来提亲。谁料，祖母一顿臭骂，将伪警察局局长拒之门外。伪警察局局长不甘心，派手下将祖母抢到县城，想要强行成亲。祖母依然义正词严，柳眉倒竖，宁死不从。伪警察局局长将祖母关了三天，祖母不吃不喝，依然不从。伪警察局局长无奈，只好将祖母放回了家。

　　从此，再也没有人给祖母说过亲，因为大家知道，在祖母的心里，那个人一直陪伴在她身边，她从没有感到孤单过，她过得一直很幸福。

　　我常常问祖母，祖父长得什么样？

　　祖母听了，苍老的容颜露出一抹幸福的红晕，深情地说："他长得很英俊，个子高高的，皮肤白白的，眼睛很明亮，他的戏文唱得很美，戏台上，他的唱腔悠扬、婉转，吸引了许多戏迷。那时，许多女孩子都追求他呢，可他却偏偏只看上了我，天天在我窗前唱情戏，最后，把小鸟都唱得停止了鸣啭，躲在树枝上，害羞地聆听他悠扬、婉转的唱腔。"

"我躲在窗后听着，听得脸羞红，心乱跳。终于，他把我的心唱软了，我轻轻地打开窗户一条缝，说道，进来唱吧，再唱，让大家都听到了。他听了，轻轻地应了一声，然后喜不自禁地跑了进来。

就这样，他把我"唱"到手了，也得到了我的一颗心。从此，他把我当个宝贝似的宠着，我一直拥有着他的爱。"

祖母说到这儿，目光里闪烁着晶莹的泪花，好像她就依偎在祖父身边，从没离开。那一刻，我感到心灵上的一种颤抖——爱，对祖母来说，是那么刻骨铭心，并没有因时间的流逝而淡化，相反，却依然一往情深，爱得淋漓尽致，爱得浓情蜜意。

接到母亲打来的电话，我才知道，祖母近来身体状况很不好，母亲低声说道，祖母好像要走了。

我匆匆赶到乡下，我把祖母的生日蛋糕也带回来了。祖母躺在床上，看到我回来了，眼睛一亮，嘴唇努力翕动着。我赶紧伏下身子。祖母伸出她柔软的手，抚摸着我的脸，喃喃地说："我又看到他了，他在向我跑来，我就要见到他了。"

我听了，不禁泪流满面。这个时候，祖母心中看到的，依然是她心爱的人，她的爱，依然是那么年轻、痴情。

我含着泪水，将一小匙蛋糕放在她的唇边，她轻轻地呃动着嘴唇，低声说道，他就喜欢吃蛋糕呢，我要带给他尝尝。

时间在悄悄地流淌，祖母的生命仿佛在一点一点地熬干。在生命最后的时光里，祖母显得很平静，她的眼睛有时慢慢地睁开，像在想着什么，然后又轻轻合上，带着她满满的心思。

我伏在她的床前，我感到从她鼻孔下呼出的气息，轻轻的，有一些微微的热浪。

看到床前聚拢上许多人，祖母微微皱着眉，轻轻地说："你们都走吧，我要一个人静静地待在这，你们不要打扰我。"

亲人们听了，默默地退出房间，没有发出一丝声响，只有橱柜上的闹钟，在不紧不慢地发出"嘀嘀、嗒嗒"的声响……

天边泛出了鱼肚白，又是一天来临了。我悄悄地走进祖母的房间，房间里的闹钟，还在不紧不慢地发出"嘀嘀、嗒嗒"的声响。我缓缓地走到祖母的床前，发现祖母像是睡着了，嘴角还有一丝蛋糕，脸色很慈祥，似乎还有一丝笑容。我把手轻轻地放在祖母鼻孔前，顿时，泪水夺眶而出。

我退出屋外，流着泪，对母亲说："祖母走了！"

母亲一惊，眼圈一红，说："轻点声，别惊扰了祖母，她永远地睡去了，在天国里，她又能见到他了，她又能听到他悠扬的唱腔了，她是幸福的！"

祖母平静地走了。她似乎只是赶赴一场约会，在另一个世界里，她和她的他永远在一起，再也不分离了。这一天，她似乎等待许久了，她走时，脸上依然浮现出一缕羞涩的红晕，那优美的唱腔在她耳旁，一刻不曾停顿过，真真切切，如梦如幻……

把耳朵叫醒

二舅在20世纪60年代三年自然灾害中，有一次，因饥饿，昏倒在了田头，气息奄奄。恰巧，被村里一个路过的好心人发现。这位好心人将二舅背回家，熬了一碗稀饭，给二舅喝下。

就是这碗稀饭救了二舅的命。二舅终于熬过了那段艰难的岁月，走进了一个新时代。二舅进城做起了生意，日子也一天一天地好起来。

前些年，二舅回了趟村子。在村口，他发现了一个十二三岁的少年。少年穿着破烂，满脸污垢，正在帮人运砖头。二舅一愣，心想，这正是上学的年龄，怎么不去上学，在这给人搬运砖头？

二舅上去一打听，原来，这个少年竟是当年那位给他喝了一碗稀饭，救了他一命的那位好心人的孙子。这些年，他家连遭不幸，父母先后病故，丢下了这个孩子。为了生存，他失学了，过早地外出谋生了。

二舅听了，鼻子一酸，眼圈就红了。他上前搀扶起那位少年，说："孩子，跟我走吧，有我吃的，就有你吃的，我还要送你去上学。"

二舅将少年带回了家，少年成了自己家庭的一员。儿女们不解，说："我们的生活刚好起来，你又领养个孩子？真是多事！"

二舅听了，大怒道："你们懂什么？如果没有那碗救命的稀饭，早就没有我了，更别说有今天的好日子了。我会常常把自己的耳朵叫醒，记得曾经给过我帮助的人，哪怕只是一碗稀饭。"

几年后，少年考上了大学。二舅送少年到大学里报到，并将上学费用全部交齐。临别时，对那少年说："孩子，生活上，不要让耳朵睡着了，要时时将自己的耳朵叫醒，记住在人生旅途上，那些洒落在自己身上的点点的爱和温暖的碎片，这样你才会在心中布满感恩的海洋。"

少年眼中噙满了一片晶莹，他扑到二舅的怀里，紧紧地拥抱着二舅。温暖的阳光照在他们身上，就像披上了一片金色的羽毛。

那年，朋友老王遭遇了人生的"滑铁卢"。一次车祸，使他失去了双腿，成了一个残疾人。屋漏又遭连阴雨，他的妻子又下岗了。躺在冷清清的病床上，他心灰意冷，感到眼前像是一片茫茫的黑洞，看不见一丝亮光。

　　这时，他的手机响了。他百无聊赖地拿起了手机，漫不经心地看了下手机。只见手机上出现了这样一行字："爸爸，您常常对我说，人生可以被打败，但不可以被打倒。我的耳旁常常响起您对我说的这句话，它使我有了信心、有了力量。今天，您遇到人生的巨大不幸，但我相信，您一定会像您教育我那样，走出一个崭新的自我。您的女儿。"

　　那一刻，朋友哭了。失去双腿，他没有流泪；妻子下岗，他没有流泪。但是，当他看到女儿发给他的这条短信，却哭了。原来，女儿一直记得自己对她说过的话。现在，女儿又用这句话来鼓励自己。为了女儿、为了这个家、为了女儿这句话，他还有什么理由自暴自弃、怨天尤人呢？

　　朋友养好伤，抚平心中的伤痛，在家开了个网店。从服装鞋帽、化妆品，到地方土特产、旅游纪念品，应有尽有。慢慢地，这网店生意越做越好。如今，他还雇了几个同样是下岗或身有残疾的朋友打理着他的网店，日销售额已达万元以上。

　　有记者来采访他。朋友的眸子闪现出一丝晶亮，他缓缓地说了这样一句话，常常把耳朵叫醒，想到病床上，女儿给我发的那条短信，我就有了一种别样的信心和勇气。

　　常常把耳朵叫醒。记得那些温暖的点点滴滴，哪怕只是一碗稀饭、一条短信，也会使自己增添无穷的信心和勇气。人生，正是有了无数细小的温暖片断，串联成一个又一个美丽的光环，才使我们心田里注满了感恩的心愿，温暖地走下去，走出了一个崭新的自我。

只能用爱

一

国内首部自闭症家庭微博体真情实录《爸爸爱喜禾》出版发行，这本书一面市，立刻引起读者的广泛关注和好评。作者蔡朝晖原是东方卫视的主持人、《东方夜谭》的总策划、万国马桶文学网站的创始人。让他意想不到的是，才只有2岁的儿子喜禾，被查出了患有自闭症。

医生告诉他，自闭症孩子不是不如别人，只是与众不同。他们不是傻子，不该被歧视，也不应该被抛弃，大人一定要有良好的心态，客观地看待孩子，给他一个放松的环境。当科学无能为力的时候，只能用爱。

"只能用爱"，蔡朝晖牢牢地记住了这句话。他开通了微博，名为"爸爸爱喜禾"。他决定，要做一个快乐的爸爸，一个快乐的爸爸才可能让儿子快乐。他每天记录儿子的情绪行为，每天关注自闭症儿童康复的最新进展，还加入了自闭症家长群，和其他家长互相鼓励、互相交流。

是的，每个孩子都是一个奇迹，而儿子喜禾，就是一个超级奇迹。他在微博中写道："现在只要看到、想到儿子就很幸福，因为他是我儿子，跟自闭症无关。假如有一天儿子问我：'爸爸，幸福是什么？'我会回答：'我的宝贝，你会这么问，爸爸就很幸福了。'"

二

一场车祸，使她刚刚披上婚纱不久，就被撞成了植物人。医生说，她很难苏醒了，除非发生奇迹。他问："怎样才能发生奇迹？医生说，当医治无效时，只能用爱。"

他听了，热泪盈眶。他紧紧地搂着她，哽咽道："亲爱的，你会醒来的、会醒来的。"从此，他每天伏在她耳边，给她讲他们两人恋爱时的点点滴滴，给她读他写的恋爱日记，给她读微博上网友的留言，给她按摩、梳头、听音乐……

日复一日，年复一年。8年过去了，奇迹真的出现了，她终于醒了。她睁开了眼睛，好像刚刚睡了一觉。她看见，他正在朗读他的恋爱日记，她听了，流下了幸福的眼泪。那一幕幕爱的甜蜜，唤醒了她沉睡的记忆。

8年了，他一遍遍用爱终于唤醒了植物人妻子。这是爱的奇迹，生活在他们眼前，重新绽放出它的妖娆和美丽。

三

朋友拥有一个温馨甜蜜的家庭，一个深深地爱着她的老公，还有一个她视如珍宝的儿子。这个儿子是一个智障儿，一个天生愚型儿。经过多方医治也不见效果，医生告诉她，当医治没有办法时，只能用爱。

朋友听了，禁不住潸然泪下，她紧紧地搂着儿子，喃喃道："儿子，加油啊！在我的眼里，你与别的孩子没有什么区别，你依然是那么娇美可爱，别的孩子该怎么样生活，你也一样怎么生活。"

儿子是不幸的，但又是幸运的。因为，他出生在一个充满爱的家庭里，他没有感到与别的孩子有什么区别。如果说要有区别的话，那就是他得到了更多的关爱和呵护，他像小树苗一样，在一天天地长大，一天天地茁壮。

儿子长大了，去参加世界智障人特殊奥运会，一举获得了三枚金牌。儿子懂事地把奖牌挂在母亲的脖子上。那一刻，母亲紧紧搂着儿子，无声的泪水恣意地滑过母亲的面颊。

她喃喃地说："孩子，我们继续一起走，一起唱，一起跳，哪怕狂风暴雨和泥泞，也无所畏惧。"

四

老人的妻子已患老年痴呆症十几年了，对周围一切都不认识了，包括和自己相伴几十年的老伴。可是，老人对老伴却依然呵护得如珍宝。陪她谈心、读报、讲笑话、看电视、晒太阳，尽管老太太对这一切已浑然不知，可老人从没有半点敷衍塞责，而是精心尽责，一丝不苟。

有人对老人说："她不认识您了，您何必还这样对她关爱如初呢？"

老人俯下身子，轻轻地擦去老太太嘴边一丝涎水，说："这又有什么关系呢？她不认识我了，可我认识她啊！"

在老人眼里，老太太依然是一道最美的风景线，给他带来无限的憧憬和向往。只要有她在，就有无穷的勇气和力量。

俄罗斯方块的忠告

大学毕业后，我在一家电脑软件公司找到了一份工作。每天在午间休息的时候，为了消磨时间，我常常在电脑上玩起俄罗斯方块这个游戏。

在大学里，我们一群室友，都是俄罗斯方块的狂热爱好者，一有时间，就拿出手机或者在电脑上玩俄罗斯方块。我的女朋友文姗，也是一名玩俄罗斯方块的高手，她曾一次积分高达一百万，从无人打破这个纪录。我给她起了个昵称：文百万。

文姗看我玩俄罗斯方块时，常常在我旁边大声地嚷着向左向右的，弄得我手忙脚乱，惊慌失措，很快以失败告终。每当这时，文姗就会伸出纤纤玉指，指着我的脑袋说："你真笨，跟你说过多少次了，还是犯同一种错误。"

文姗玩起来，比我机敏多了，常常还边玩边抬头和我说话。因为玩俄罗斯方块，我们的心贴得更近了。毕业快一年了，两人见了面，三言两语，就是离不开俄罗斯方块。星期天，两人哪儿也不去，靠在一起，低着头，只是玩手机里的俄罗斯方块。我们沉浸在一种别样的紧张和刺激中。

一次午间休息，我在写字间的电脑前依然陶醉在俄罗斯方块中。突然，我听到背后传来一声赞叹："好啊，年轻人，你可是玩俄罗斯方块的高手啊！"

我回头一看，见是公司总裁，吓得腾地站起身来，一边连忙向总裁问好，一边心里暗暗叫苦，心想：这下要挨训了！

没想到，总裁亲切地对我说："我也喜欢玩俄罗斯方块呢，不过我刚才在你身后看了很长时间，你玩得很熟练，是个高手。"

听了总裁一番夸赞，我弄得不好意思了。这是我来公司上班半年来，第一次和总裁这样面对面地亲密交流，心里溢满了一缕甜蜜。总裁还兴致勃勃地坐在我的座位上，对我说，你看我玩一会儿，看哪里需要指导的。说罢，总裁就在电脑上玩起了俄罗斯方块。

我一看，就知道总裁也是个玩俄罗斯方块的高手，移动、旋转、摆放、排列都很熟练、到位。不过到了自动输出方块这一关时，总裁就会忙中出错，一会儿就会跳出"你真笨"的字样。每当这时，总裁就会显得很尴尬，然后不服输地又重新开始。

我一边叫总裁记住每次方块出现的规则，一边提醒他看到下一步的提示，提前想好放在哪里最合适，尤其是在后期速度比较快的时候，更不能贪多分数，小分不断积累就行了。

总裁听了我一番指点，马上进行改进，果然进步很大，总裁玩的兴致越来越高，即兴处，还大喊大叫起来，一改平时那种严肃、不苟言笑的面孔。

　　不知不觉，午间休息时间结束了。告别时，总裁握着我的手，说道："以后没事的时候，到我办公室去一下，我俩多交流下打俄罗斯方块的经验和体会。"

　　就这样，没事时，我常常和总裁在一起玩俄罗斯方块。从与总裁的接触中，我发现总裁也有着童真的一面。有时我不禁莞尔，心想："有的人之所以给人一种高深莫测的样子，只是因为你没有走近，一旦走近，时间长了，你就会发出这样的感慨，原来我们都是一样的啊！"

　　一次，总裁像想起了什么似的，忽然停下正玩在兴头上的俄罗斯方块，抬起头，两眼紧紧地盯着我，那目光，像一把利剑，直刺我心。看着那目光，我有些心虚和胆怯，我不知道总裁为什么要用这样的眼光看着我，难道是我有什么地方做得不对吗？

　　只听到总裁一字一句地问道："我问你一个问题，俄罗斯方块这种游戏告诉我们一种什么样的忠告？"

　　我望着总裁，心里充满了疑惑，心想，总裁怎么会问这么一个低级问题？俄罗斯方块这种游戏就是让人来玩的，从来没有听到有什么忠告。我记得女友文姗曾这样忠告过我："如果你什么时候一次打满一百万分，我就嫁给你！"到现在，我最多一次才打满八十万分，为了能早点把文姗娶过来，我心里很着急，恨不得马上打满一百万分。

　　总裁看到我抓耳挠腮的样子，一字一句地说道："俄罗斯方块这种游戏其实告诉我们这样一个道理：犯下的错误会积累，获得的成功会消失。在职场上，我们必须要时时刻刻记住这个忠告，不要在同一个问题上累积犯错误，这样会使你酿成大错，使你积累的一点点成功，消失殆尽。"

　　总裁的一番话，让我有一种醍醐灌顶的顿悟。没想到，总裁竟能从玩俄罗斯方块这种游戏中，悟出深刻的人生哲理，让我感动不已。

职场上，我始终牢记俄罗斯方块的忠告，珍惜人生的一点一滴成功，决不让自己累积犯一个个小错误。成功虽然令人振奋，但也会被一次低级的小错误，击毁得无影无踪。

第九辑

融化在蓝天里

梦想的脸面

那是小学三年级的时候，一次，老师在课堂上问同学们有什么梦想。

说到梦想，同学们立刻就叽叽喳喳起来，有的同学说将来想当科学家；有的同学说将来想当老师；有的同学说将来想当警察……同学们的梦想很活跃，老师听了同学们的梦想，夸赞说，同学们的梦想都很光彩，只要刻苦努力，将来一定能够实现。

老师看到座位上一个名叫黄小强的同学，一直没有说话，就问道："黄小强，你的梦想是什么呢？"

印象中黄小强同学很瘦小，家里条件似乎不太好，穿的衣服很破旧，冬天了，还穿着一双凉鞋，书包好像是一只布口袋，上面没有带子，每天上学放学都将书包抱在怀里。

当听到老师问他有什么梦想，黄小强站了起来，桌子晃动了一下，那没有带子的布口袋，突然从抽屉里滑落了下来，书本、笔滚落了一地，旁边的同学哄笑起来，后面的同学不知发生了什么事，还站了起来，侧着身，往这边看着。

黄小强脸一下子红了，他不知所措地望着老师。老师微笑着让他把书包捡起来。

黄小强将书包捡了起来后，说："我的梦想是当一名入殓化妆师。"

同学们似乎没有听明白，有人问道："什么是入殓化妆师？"

黄小强说，入殓化妆师就是给去世的人做最后一次化妆的人，也叫入殓师。

同学们听了，都露出惊讶的神色，还有的发出嘘声和尖叫声，有的女同学还吓得捂起了脸。

黄小强一下子感到很窘迫，他不知道为什么自己的梦想把大家给吓着了。老师微笑道，小强同学，请你说说为什么有这个梦想。

黄小强眼睛里一下子噙满了泪水，他说："去年我爷爷去世了，从小，我就是爷爷带大的，我和爷爷的感情很深。在殡仪馆向爷爷告别时，我看到一个入殓师将爷爷化得很慈祥、很温暖，就像爷爷生前一样。那一刻，我对这位入殓师充满了敬重，也就在那一刻，我萌发了长大了也当一名入殓师的梦想，将去世的人，装扮得安详、温暖，我想，这是给他们的亲人最大的安慰。"

黄小强说到这里，全班一下子安静下来，每个人的脸上都露出一种凝重的神色，有的女孩子还用手轻轻地擦拭着眼角。

老师深情地说："小强同学，你的这个梦想很了不起，也很伟大，让逝者走得安详、走得庄重，这是伟大的职业，希望你长大了，能梦想成真！"

老师又对同学们说："同学们，有梦想，就会有希望，梦想的脸面，不分高低贵贱，它永远散发着圣洁的光芒，照耀着我们一路向前。"

许多年过去了，我不知道黄小强同学是否实现了自己的梦想。但老师在课堂上说的那句"梦想的脸面，不分高低贵贱，它永远散发着圣洁的光芒，照耀着我们一路向前"，却常常在我耳边回响，让我的人生有了一种别样的坚强和勇敢。

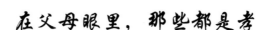

在父母眼里，那些都是孝

　　我一直觉得自己活得窝囊、憋屈，没有什么本事。几十年来，一直没有一个稳定的工作，我干过营业员、搬运工、装配工、保管员……快50岁了，才在小区里找到一份比较稳定的工作——保安。保安的工资虽然不高，但给买"三险一金"，到退休的时候，能拿到退休工资。这一条，很吸引人。

　　老家来了亲戚，我在厨房里帮忙，听到父亲在客厅里对亲戚说道："孩子懂事呢，长这么大，从不在外面惹是生非。诚实、本分、守纪，就是孩子对我们老人最大的孝顺。这不，这日子一晃、一晃的，他都已到了50多岁了，再过几年，他就能退休了，他也就可以像我一样在家颐养天年了。"

　　我从门缝里偷偷向外窥去，发现父亲说到我的好，竟满脸喜悦，那一刻，好像连眉毛都在笑哩。我心里顿时涌动着一股暖流，腰杆不觉用力挺了挺。原来，那些在我看来都是窝囊、憋屈，在父亲的眼里，都是一种孝。

　　有过去老街坊打来电话，当问到孩子的情况，母亲兴奋地说道："孩子好哩，他几天就要过来一趟，帮我们烧烧洗洗，孝顺着呢。他前段时间下了岗，一直瞒着我们，怕我们担心，后来自己找了个保安的工作，现在穿着一身保安制服可神气了。"

　　母亲说到我，喜悦之情，溢于言表。我听了，转过身去，悄悄地抹去眼角的泪水，心里有一种暖暖的甜蜜，又有一丝淡淡的苦涩。

　　和父亲小酌，几杯下肚，我深深地叹了一口气，说道："我一直没有什么本事，也拿不出什么东西来孝敬你们，相反，却还常常得到你们的资助，心里一直感到这辈子活得窝囊、憋屈。"

父亲惊讶地望着我，好久没有说话，突然，他将杯中的酒猛地一口喝下，然后瞪着一双充满血丝的眼睛，愠怒道："你说的这是什么话？我从来没有觉得你活得有什么窝囊、憋屈，相反，你却一直是我们的骄傲，你遵纪守法、任劳任怨，从没有做出什么让我们担惊受怕的事，这就很了不起。你还记得你那个当了局长的同学吗？就因为犯了错误，50多岁的人了，还进了监狱。可怜他的那一对老父母，80多岁的老人了，还经常长途跋涉，到监狱去探视儿子。本来他们应该在家颐养天年，却因为儿子出了事，他们的晚年，增添了无尽的凄婉和悲伤。"

父亲说到这里，突然一把抓住了我的手，我感到父亲的手劲很大，抓得我手一阵麻木，我看着父亲，心里一阵发怵："孩子，你已经很努力，很坚强了，我和你妈在背地里常夸你呢。再过几年，你也能退休了，退休金够用就行了，没有什么多和少的。其实，我就盼着你早点退休，到时，我们两个老人下下棋、打打牌，那多惬意！孩子，你还记得你小时候下棋下输了，还耍赖哭鼻子吗？你以后再和我下棋下输了，可不许再耍赖哭鼻子了。"

父亲说到这里，情不自禁地呵呵笑了起来，笑得很舒畅、很开心的样子。

我掏出纸巾，轻轻擦去父亲嘴边的涎水。看着父亲那慈祥、憨厚的脸庞，我的脑海里忽然幻化出这样一幕场景：落日的余晖，透过窗户玻璃，照射坐在窗前的两位老人身上，两人身上沐浴着金色的光芒，像闪动着的翅膀。偶尔能听到一两声棋子落盘的声音，就像平静的湖面，投下了一枚小石子，荡起一圈圈涟漪……

不知不觉，我的眼前变得一片蒙眬……

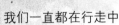

春雨过后就是彩虹

"鲍勃，你站起来，我在上课的时候，你为什么总在下面和人说话？"安娜站在讲台上，气愤地批评一个叫鲍勃的小男孩。

那个被叫作鲍勃的小男孩听到老师在叫他，满不在乎地和旁边的叫希莉的小姑娘击了一下手掌，然后扭动着身体站了起来。他站了起来后，还挤眉弄眼，和几个男生做着鬼脸。

安娜老师看到鲍勃还是这样嬉皮笑脸，更加气愤，她走到鲍勃跟前，伸出手，要拉他到教室后面站着。鲍勃将安娜的手甩开，一脸漠然地说："我自己会走。"说罢，耸耸肩，走到教室后面站着了。

安娜脸色铁青，转身向讲台上走去，可刚走了没几步，身后就传来一阵同学们的嬉笑声。她回头一看，只见鲍勃站在教室后面，摆出各种健美造型，他古怪滑稽的样子，引起同学们一阵哄笑。

安娜看着鲍勃这个调皮的样子，忽然也忍俊不禁地给逗笑了。她无奈地摇了摇头，含嗔道："简直拿你没有办法，如果让你罚站在教室外面，你恐怕都要飞起来了，还是回到座位上去吧。"

听到安娜小姐这么一说，鲍勃微微一愣，似乎感到有些突然，这么快就让自己回到座位上去，这还是第一次呢。鲍勃向安娜用手打出个大大的V，然后兴高采烈地跑到座位上去。刚坐下，他又和希莉小姑娘击了一下手掌，希莉小姑娘向他露出傻傻的笑容，露出了两颗漂亮的小虎牙。

安娜自从去年带三年级这个班后，就发现那个叫鲍勃的小男孩很调皮，他高高的个头，身体很结实，总是一副玩世不恭的样子。别看鲍勃很调皮，可他似乎很有号召力，在他身边总是围绕着几个男生和女生，只要他一个手势、一个眼神，那几个人立刻随他而去。安娜不明白，为什么鲍勃这么调皮，却还有这么大的魅力，总是有一些男生女生围着他转呢？

因为这个班有了鲍勃这么一个小调皮，安娜没少花心思，她用尽了各种批评手段，可鲍勃依然我行我素，一副桀骜不驯的样子。安娜感到很无奈。今天，鲍勃在课堂上这种表现，让她又气又恼，但又有一点隐隐的喜欢，她也说不清这是为什么。

放学后，她将希莉喊到办公室，她想问问希莉，鲍勃这么调皮，而他们为什么总喜欢和鲍勃在一起。

没想到，希莉的回答，让安娜大吃一惊，她说：“鲍勃虽然有些调皮，但他乐意帮助别人，看到别人有什么困难，他总是热情相助，所以我们都喜欢和他在一起。”

安娜脸上露出惊讶的神色，她说：“能说具体一点吗？”

希莉说：“一天，在上学的路上，我不小心摔倒了，脚也崴了，我蹲在路边直哭。这时，正从后面走来的鲍勃，二话没说，背起我就往学校里走去；有一次，在放学的路上，有几个高年级的同学欺侮我们班上几个男同学，鲍勃看见了，勇敢地冲了上去，三拳两脚，就将他们给打跑了；还有一次……”

希莉一口气说了鲍勃许多好，安娜听了，不禁暗暗自责起来，她想：自己作为鲍勃的老师，对发生的这些事却一点也不知道，真的是一种失职行为。她轻轻拥抱着希莉，说道：“谢谢希莉小姐告诉了我关于鲍勃的一些情况，鲍勃其实是一个非常好的孩子。”希莉腼腆一笑，露出了两颗漂亮的小虎牙。

上课了，安娜走上讲台，对同学们说道：“在上课之前，我想说一件事，鲍勃是一个非常好的孩子，他平时关心同学，乐意帮助别人，我提议让鲍勃当生活委员怎么样？”同学们听了安娜的提议，都举手表示同意。安娜看到，鲍勃坐在座位上，脸上露出一丝羞涩红晕，而他这种羞涩的表情，是安娜第一次看见的。

安娜发现，从那天开始，鲍勃似乎变了一个人似的，上课再也不和别人讲话了，还积极举手发言。一次，安娜组织同学们到彼斯堡古城游玩，在回来的时候，突然下起了大雨，鲍勃将同学们一个个护送走出一个陡坡，雨水将鲍勃全身都淋湿了，可他依然非常镇静地搀扶着一个个同学，鼓励同学们不要怕。看到安娜走了过来，鲍勃扶住安娜的手说："老师别怕，有我保护着您！"安娜握住鲍勃的手，感到他的手湿漉漉的，但那手心分明传递着一种温暖。

看到同学们一个个都走出了危险地段，鲍勃用手抹了一下脸上的雨水，露出了幸福的笑容。

不一会儿，雨停了，安娜看到，天边露出一道绚丽的彩虹。那彩虹，折射出七彩光芒。她看到，鲍勃沐浴在金色的光芒下，就像天空中那道绚丽的彩虹。

那一刻，似乎有某种东西，触动了安娜内心的柔软。她想，每个孩子都是可塑的，有时教育很简单，只需一场春雨，孩子们就能软成一道绚丽的彩虹，闪烁着柔美的光芒。

56号教室的神奇

"你这头蠢猪，到现在连英语都讲不好，还想在美国混？滚回家去吧。"雷夫·艾斯奎斯刚走进洛杉矶霍巴特小学五年级教学楼，远远地就看见56号教室门口一个女教师粗暴地将一个小男孩从教室里推了出来，然后又将书包扔在了地上，书撒了一地。

小男孩抹着眼泪，轻轻抽泣着，身体在微微颤抖，孱弱得就像路边的一株小草。

眼前一幕，令雷夫十分心疼，他对女教师的粗暴十分震惊。他走了过去，对女教师说道："我是刚来的在56号教室当老师的雷夫·艾斯奎斯，从现在开始，我就是56号教室的老师了，请问这是怎么回事？"

女教师听了，眼睛一亮，欣喜地说道："您来了可太好啦！这下我就能离开这里了。"然后又气咻咻地说道："这个班的学生都是一群蠢猪，他们的父母都是一些不会讲英语的亚洲、南美洲移民，他们连英语都讲不好，还想今后在美国混，这简直是痴心妄想。你瞧，这孩子是从南美洲移民过来的，到现在英语都讲得结结巴巴的，我叫他滚回家去。"

雷夫突然感到一口气喘不上来，他下意识地捂着自己的胸口，脸憋得通红。缓了一会儿，他对那女教师说道："您可以走了，这里可以交给我了。"

女教师听了，兴奋地哼着歌走了。走了几步，她又回过头来对雷夫说道："叫那个蠢猪快滚回家去，他就是一头蠢猪。"女教师好像又想起了那男孩，气又上来了。

雷夫没再搭理她。他弯下腰，将散落在地上的书，一本一本地捡起来，放在书包里，然后站起身，走到小男孩跟前，亲切地问道："请问你叫什么名字啊？"

小男孩惊讶地望着雷夫，怯怯地回答道："我叫冈萨雷斯，是从委内瑞拉移民过来的。"

雷夫将书包背在冈萨雷斯的肩膀上，温和地说："走，跟我回教室去，从现在起，你再也不用被赶回家了，你就是我的好学生了。"说完，孩子般地伸出手，与冈萨雷斯来了一个击掌相庆。

冈萨雷斯惊喜地随着雷夫走进教室。冈萨雷斯刚走进教室，就用蹩脚的英语对同学说："他是来教我们56号教室的新老师，名叫雷夫·艾斯奎斯，是他让我又滚回来了。"

冈萨雷斯幽默、俏皮的一番话，让全班的同学都笑了起来，有的还兴奋地拍起了桌子、跺起了脚，课堂上一下子热闹起来。

雷夫摆了摆手，示意同学们安静下来，说道："冈萨雷斯说得对，我又让他滚回来了，而且从今天起，我也是56号教室的一员了，我们将在一起，共同学习、运动、娱乐。"

同学们听了，个个睁大了眼睛，他们好像不相信自己的耳朵，这个新来的小伙子亲切的话语，一下子击中了他们内心的柔软。他们相互看着，眼睛里流露出惊喜的光芒。

56号教室同学发现，雷夫老师正像他所说的那样，每天都和他们在一起学习、娱乐、运动，他对学生从不暴粗口，他就像是邻家大哥哥一样，对学生们是那么和蔼、可亲，他给56号教室，带来了无限生机和活力。

56号教室的同学变了，这些来自亚非等国家移民的孩子，虽然生活在贫困线上，英语也还讲不好，在社会上，还饱受歧视、欺侮。但是，自从雷夫老师来到56号教室，他们变得热情、开朗了，他们开始挺起胸膛，充满了自信。孩子说，和雷夫老师在一起，他们不再感到害怕。

56号教室就像磁铁一样，深深地吸引着孩子们。每天他们自觉提前2个小时，就早早地来到教室；放学了，他们还迟迟不愿回家。在学校里，雷夫为他们开设阅读、数学、运动、表演等课程。雷夫为他们编排的莎士比亚戏剧《哈姆雷特》，让每一个孩子都参与进来了，人人都实现了当演员的梦想。

不知不觉，孩子们惊讶地发现，他们不仅都能讲出一口流利的英语了，而且全班同学的学习成绩突飞猛进。一年后，在全美文化会考中，56号教室名列第五。这真的是一个巨大奇迹。要知道，这些孩子可都是来自亚非等非英语系的国家，他们的家庭都非常贫困。雷夫来了这一年不到的时间，竟创造出这样的优异成绩，不能不说是一种神奇。

送走了一批孩子，又迎来了一批孩子，但是，雷夫留下来了，他再也没有离开过56号教室，每一个走进56号教室的孩子，都像他的孩子，他用

温暖和热情，让孩子找到了幸福和快乐。

十九年后，雷夫收到一份哈佛来信，信中写道："雷夫老师，您还记得您刚到56号教室时，那个被女教师从教室里赶出来的男孩吗？对，我就是那个从南美洲移民到美国的冈萨雷斯。当年，我被那个女教师从教室里推了出来，是您将我从教室外带回教室，从此，我在56号教室里，开启了人生新的一页，并最终走进哈佛大学，并即将取得哈佛大学博士学位。如果没有遇见您，我被赶出教室后，现在恐怕只能是纽约街头的一个小偷、地痞、流氓。您的'没有害怕的教育'，就是对我们最好的奖励。您撰写的《第56号教室的奇迹》，已成为哈佛大学教材，让更多的学生感受到您独特的教育方法，这让我们终身受益……"

20多年过去了，雷夫一直坚守在56号教室。在56号教室，他创造了一个又一个奇迹，从56号教室走出来的学生，长大后，大多数进入了哈佛、普林斯顿、斯坦福等著名大学。他成为美国最有趣、最有影响力的教师。

请问问你们的孩子们

1930年5月，正是郁金香盛开的季节，空气中，流淌着醉人的馨香。应柏林库达姆大街比萨小学的邀请，德国著名儿童文学作家凯斯特纳将来给这所小学的师生做一次演讲。

著名儿童文学作家凯斯特纳要来比萨小学演讲，立刻成为库达姆大街的轰动新闻，许多孩子的家长更是欣喜若狂。在如何教育子女问题上，他们感到现在的孩子太难教育啦！他们太贪玩、太叛逆，教育他们，他们一点也不听，还强词夺理。他们想亲耳聆听凯斯特纳讲解如何更好地教育子女，让他们成为一个听话的孩子。

在德国，凯斯特纳具有很高的知名度，他被称为德国"儿童文学之父"。他出版的儿童文学作品《埃米尔擒贼记》，更是成为德国家喻户晓的儿童文学作品。特别是这部小说还被改编成话剧、电影、动画片，更是风靡了当时整个德国。

在比萨小学宽大的演讲厅，观众席上，早早地就坐满了学生和家长。凯斯特纳刚走上讲台，全场立刻响起了热烈掌声。凯斯特纳的演讲非常精彩，人们仿佛触摸到作家那颗滚热的心。凯斯特纳对儿童心理的分析，透彻、精辟，听众们不时报以热烈的掌声。

演讲结束后，看到观众依依不舍的表情，凯斯特纳提议与家长们来个互动，请家长们提出问题，他来解答。凯斯特纳的提议，立刻引起观众们的热烈响应。

有一位妇人站起来问道："凯斯特纳先生，我的儿子都12岁了，可好像一点也没长大，整天就知道玩，一点也不懂事。我想让儿子早点成熟起来。请问凯斯特纳先生，我应该怎样教育我的儿子呢？"

凯斯特纳望着那妇人，只是淡淡地说了句："请问问你的孩子！"

妇人一愣，面露疑惑的神色。

又一位妇人站起来问道："凯斯特纳先生，我女儿11岁了，我想让她将来当一名小提琴家，我不仅送她到小提琴培训班学习，还给她请了家教，可她一点也不领情，不仅不好好学，却一有机会，就偷偷地学画画。请问凯斯特纳先生，我应该怎样教育我的女儿爱上拉小提琴呢？"

凯斯特纳望着那妇人，只是淡淡地说了句："请问问你的孩子！"

那位妇人也是一愣，面露疑惑的神色。

这时，一位绅士模样的男人站起来问道："凯斯特纳先生，我的儿子12岁了，我想让我儿子将来和我一样，做个生意人，这样，我的产业就有人继承了。可是，我儿子对做生意一点也不感兴趣，整天和一群和他一般大的孩子在操场上踢足球，把我的心都踢碎了。请问凯斯特纳先生，我应该怎样教育我的儿子爱上做生意呢？"

凯斯特纳望着那绅士，只是淡淡地说了句："请问问你的孩子！"

…………

家长们提出一个个教育子女面临的困惑，凯斯特纳总是重复着一句：请问问你的孩子！家长们更加疑惑不解，他们一个个用困惑的目光望着凯斯特纳，似乎在说，您这不是开玩笑吗？孩子能懂什么？因为他们都还是不懂事的孩子啊！

看着家长们一个个疑惑的神色，凯斯特纳深情地说道："亲爱的家长们，如果你们有什么不了解的话，请问问你们的孩子！孩子，永远是那么纯洁、无邪，他们没有染上世俗的尔虞我诈、暗度陈仓的阴险和狡诈。在孩子们的身上，永远散发出一种圣洁和温暖的光芒。"

凯斯特纳的一番话，在演讲大厅久久回荡着……

德国《明镜周刊》记者卢卡斯在报道中指出：凯斯特纳的演讲，折射了教育的光芒，他强调了孩子作用的主体性、发展的个性和思维的开放性，这正是我们教育必须要改革和借鉴的大事。

凯斯特纳在比萨小学的那次演讲，在德国产生了深刻的影响，被称为"教育的世纪演讲"。从此，尊重孩子的个性，不越俎代庖，而是充分发挥每一个孩子成长的兴趣和爱好，在德国形成了一个良好风气，也为德国的教育、社会的发展带来了新的景象。

新来的小3斤

校体操队的小队员们正在体育馆里训练，里面不时传出一阵阵咚咚咚的声音。每天下午放学后，体育馆里就会传出这样的声音，这是体操队的小队员们在训练。

突然，一个身材高挑的小男孩推开体育馆的大门，稚嫩地喊了声："报告，我是新来的小3斤，是来参加体操队训练的。"

听到小男孩的声音，小队员们都停止了训练，有人嬉笑道："这名字真有趣，还有叫小3斤的。"小队员们抑制不住，都笑出声来。

那个小男孩用手抓了抓头，奶声奶气地回答："我是叫小3斤，这名字是我妈给起的，我妈说我是个早产儿，生下来的时候只有3斤，像个小老鼠，她就给我起了个小3斤。"

小队员们这才明白，原来他是个早产儿，怪不得长得瘦瘦弱弱的，他这身子骨能练体操吗？参加体操训练，可是一件十分吃苦的事。

看到大家疑惑的神色，小3斤似乎明白过来，他一个助跑，来了个前空翻三圈，紧接着又是一个后空翻三圈，然后稳稳地站在地上。

小3斤一连串的动作，如行云流水般的一气呵成，小队员们看得目瞪口呆，短暂的停顿，随即爆发出一阵热烈的掌声，大家齐声喊道："欢迎小3斤加入我们的校体操队！"

小队员们一个个走了过来，他们互相介绍自己，并与小3斤击掌鼓励。

校体操队队员发现，自从体操队来了小3斤，体操队仿佛是多了一枚开心果，在大家紧张训练之余，小3斤不时给大家说几句诙谐、幽默的小笑话，还给大家表演几段中华武术。

小3斤说："我曾到中国学过几个月的武术，中华武术腾挪跌宕，一招一式，无不蕴藏着博大精深的道理，学好中华武术，对于我们练好体操，具有很大裨益。"

听了小3斤的介绍，大家忍不住地跟着小3斤学起了中华武术。一段时间后，大家发现，学会中华武术，对提高体操技能真的有大的帮助。大家都夸赞小3斤给体操队带来了一种神奇的力量，让体操队的成绩提高很快。

那个留着大胡子的男人是体操队的教练，对大伙很严厉，如果发现有人偷懒，或不好好练习，他准会不留情面地大声咆哮起来，队员们背地里都叫他"老狐狸"。

那天，乘着训练的间隙"老狐狸"不在，小队员们又央求小3斤教他们几招中华武术。看到大家殷切的目光，小3斤又开腿，摆开了架势，嘴里还大声发出一声吼叫。小队员们学着小3斤的样子，也又开腿，摆开了架势，嘴里也大声发出一声吼叫。

大家正兴致勃勃地学着，不知什么时候，大家忽然看见"老狐狸"躲在队员的后面，也一招一式地学着。大家惊讶得合不拢嘴，"老狐狸"什么时候进来的？大家怎么不知道？

看到大家都停了下来，"老狐狸"疑惑地问道："你们怎么都停下来了？你们刚才练的是什么功夫啊，这么厉害？"

小队员们兴高采烈地说："这是小3斤教我们的中华武术，我们已经偷偷地学了几个月了，自从我们将中华武术与体操训练结合在一起练习，我们体操练得更有劲了。"

"老狐狸"脸上露出一丝愠怒，说道："怪不得最近一段时间，大家的成绩提高得很快，原来是小3斤给你们加了秘密武器啊！""老狐狸"转身又说道："现在我临时改变，增加一个训练计划，每次体操训练时，增加一节中华武术训练课，由小3斤给大家当中华武术教练，我也和大家一样参加训练，我还要将中华武术训练课写进我的训练大纲里，这也是我的秘密武器。"

小队员们听了"老狐狸"慷慨激昂的一番述说，禁不住哈哈大笑起来，原来"老狐狸"也被中华武术所吸引啊。训练馆里又传来一阵阵慷慨激昂的吼声，这声音，充满了一种激情和豪迈。

在新泽西州中小学生体操比赛中，来自康登小学的体操队，获得了小学组第一名。体操队队长小3斤代表体操队发表获奖感言，他说："我们康登小学的体操队在训练中，教练专门为我们增加了一个训练计划——练习中华武术，这是我们不断提高训练成绩的关键。"

渐渐地，在新泽西州各个中小学生体操训练中，都增加了一个训练计划，将中华武术，结合到体操训练计划中去。

走出雨林的少年

森林里窜出一只獾，一个皮肤黝黑的少年，赤着膊，下身围着一小块兽皮，他眼疾手快，飞掷出手中的飞镖。飞镖像离弦的箭飞了出去，那只獾立刻被射中，躺在地上，四肢急速地抽搐着，不一会儿，就一动不动了。少年跑了过去，将猎物捡起来，挂在腰间，又继续往森林深处走去。

少年名叫奴克，是一名11岁的澳大利亚土著男孩，他家住在茂密的热带雨林丛中。听父辈们说，很多年前，他们土著人从遥远的地方迁徙到这里，看到这里有肥沃的森林、丰沛的雨水，就将家安置在这里，世世代代，从没改变。听父辈们说，这里就是世界上最美的地方。

从小，奴克就跟随父母和其他土著人一起捕鱼、狩猎。才6岁的时候，他就敢一个人走进雨林深处狩猎。只要看见猎物，几十米远，他就能用飞镖，将野兔、山鸡、獾等动物射中。父辈们常夸赞他是土著人的骄傲和希望。

一天，一行远道而来的游客来这里旅游，他们对土著人的生活感到十分稀奇，拿着相机不停地拍照。他们还走进那用树枝和泥土搭建的小窝棚，看他们用木和陶制作的生活用品及挂在墙上的兽皮，还仔细看奴克使用的飞镖。

奴克对这些游客身上带的东西也感到很稀奇。他将游客手中的相机拿在手里，仔细欣赏着。他心想，这小玩意还能照出人像来，真神奇。他第一次看到照片里的自己，他觉得照片里的自己皮肤黝黑，脖子上挂着用兽骨制作的挂件，模样很可爱、很俏皮。

游客临走时，一个三十多岁的年轻人，不仅友好地和奴克轻轻碰着鼻尖，这是他们土著人最友好的礼节，还从包里拿出一本地图。他指着地图上那些似蚯蚓一样的线条对奴克说："有机会你顺着热带雨林这条小道一直往前走，渡过两条河，再走过一片沼泽，就会见到一条公路，坐上几小时汽车，就会来到堪培拉，那是澳大利亚首都，那里有许多与这里不一样的生活方式，你会看到许多不曾看见的东西。"年轻人说罢，将地图放在奴克手里，这本地图他送给奴克做纪念。

游客们走了。奴克久久伫立在那里，手里捧着那本地图，眺望着一望无际的雨林，好像第一次有了心事。

奴克常常拿出那本地图，仔细地看着那些似蚯蚓一样的线条，陷入到沉思中。父亲不解地问道："孩子，你整天在看什么呢？"

奴克似乎有些自言自语地答道："那里有着怎样的一种生活方式呢？"

有一天，他怀揣着那本地图，拿起飞镖，带上干粮，对父亲说道："我去狩猎了，这次狩猎，我大概要去很长时间，您不要着急。"

父亲拍着他的肩膀，说道："孩子，你已经长大了，就应该到广袤的大森林里去，捕获更大的猎物，这才是我们土著人的骄傲。"

奴克怀着激动的心情，朝着相反的方向走去。他走啊走啊，他渡过了两条河，又走过一片沼泽。他把那片大森林远远地甩在了身后，渐渐地，他看到了马路，看到了马路上奔驰的各种小汽车。一位热情的司机听说他要到堪培拉，就顺路带上他。他坐在大卡车里，兴奋地东张西望，卡车司机一路上向他介绍沿途的景点，还告诉他堪培拉许多情况。奴克听了，如坠云雾中，这一切，他过去从来没有听说过。

堪培拉终于到了，奴克和卡车司机道别后，毫无目的地走在大街上，望着那些高耸入云的大楼，他惊讶得合不拢嘴。忽然，他看到一群和他一般大的孩子，排着队，背着书包，唱着歌，走在马路上。他好奇地跟在队伍的后面走着。

不一会儿，他们走到一所学校。孩子们看到他古怪的穿着和打扮，像看外星人似的，纷纷围绕过来，问他是从哪里来的。

奴克指着天空说道："我的家在很远的热带雨林里，那里有茂密的森林，还有各种动物。"孩子们听了，都感到很新奇，他们问奴克愿不愿意和他们在一起上学。奴克问上学是什么，孩子告诉他："上学就是能学到许多知识，就会知道许多事情。"奴克听了，兴奋地回答道："我愿意！"

就这样，奴克也走进了课堂，在课堂上，他学到了许多知识和文化，他知道了许多事情，他还学会了跟他以前在大森林里不一样的跑步、跳高、标枪等体育活动，他的标枪还获得了第一名呢。

奴克脱掉了围在身上的兽皮，穿上了校服，他也有了一只自己的小书包，书包里有许多课本和文具。开始，他还不习惯住在学校集体宿舍里，他还喜欢睡在外面的屋檐下、树下。现在，他已经完全适应睡在学校集体宿舍里，他还学会了上网、打游戏，他有了许多好朋友。他越来越感到上学很快乐，能学到知识，懂得许多道理。

一晃，几年过去了。一天，学校组织一批学生赴热带雨林考察土著人的生活习俗。奴克自告奋勇地要给大家当向导。大家这才想起，奴克曾经是一名土著男孩，他们差一点给忘了。这些年来，奴克已经和他们一样生活、学习了，如果不说，人们很难相信，他曾经是一名土著男孩。

有同学问："奴克，你回到大森林里，还回来吗？"

奴克眺望着天边一抹云彩，深情地回答道："我会和大家一起回来的。我见到爸爸、妈妈，我会告诉他们，我现在有了另一种生活方式，那种生活方式更适合我，我感受到现代生活的健康和文明。"

看着奴克清澈的眸子，同学们似乎读懂了奴克的内心世界，那里有着无比宽广和深邃的天空。

童心无须彩排

听说索契新上任的教育总长安德烈马上就要到学校来视察，校长瓦

莲京娜顿时紧张起来："教育总长突然要到学校来视察，不仅学校没有准备，就连小学生都没有做好欢迎教育总长的准备，这可怎么办？"

刚才在学校门口，瓦莲京娜因为慌里慌张，还差点骑车撞到一个中年男子。那人不仅没有责怪他，还冲她憨憨地笑了笑。

瓦莲京娜进了学校，马上手忙脚乱地开始着手迎接教育总长的准备。忽然，她发现四年级（2）班的老师卓娅还没有到，不禁更加心烦气躁，她一连问了几个老师，大家都说没有看见。瓦莲京娜赶紧心急火燎地向四年级（2）班赶去。

她发现，四年级（2）班教室的大门紧紧地关着，很安静，其他班上的同学还在教室外面嬉闹。她疑惑地走了过去，偷偷地从教室后面的窗户上往里看去，不禁惊讶地发现：卓娅正站在讲台上笑容满面地不知讲着什么，台下同学们不知在热烈地讨论着什么，课堂纪律可以说是乱哄哄的。忽然，她发现早上差点和她相撞的那个中年男人也坐在同学们的中间，不知和同学们正热烈地说着什么。他还伸出手，亲热地抚摸了他旁边的一个小男孩的头，并冲那个小男孩做了个鬼脸。

瓦莲京娜肺都气炸了——这太不像话了，卓娅不仅擅自让学生家长进教室，而且让家长在座位上和学生嘻嘻哈哈，这成何体统？更重要的是，教育总长安德烈马上就要到学校来视察了，他要是看到我们学校课堂纪律是这个样子，我这个校长的脸面还往哪搁？

想到这，瓦莲京娜将教室的门一下子推开了。随着一声清脆的响声，同学们都惊讶地抬起头，看到校长瓦莲京娜脸色铁青地正站在教室门口，班上一下子安静下来。

瓦莲京娜严厉地训斥道："卓娅老师，你知道不知道，教育总长安德烈马上就要到我们学校来视察了，你们班上的纪律还这样乱哄哄的，这要是让教育总长安德烈看见了，我们这个学校的声誉还怎么办？还有，那是哪个学生的家长，怎么跑到学生座位上了？叫他马上滚出去。这个男人我见过，今天早上在学校门口还差点和我撞了一架，他竟然跑到我们学校的教室里来了，太不像话啦！"

卓娅看见校长瓦莲京娜色厉内荏地站在教室门口发着火，不停地朝她挤眉弄眼，示意她不要说了。可是，瓦莲京娜依然怒气冲冲，大声指责着。

这时，座位上的那个中年男子站了起来，他微笑着说："瓦莲京娜女士，我就是安德烈，很抱歉，我没打招呼就来到你们学校看看，打扰啦！"

"什么？您就是教育总长安德烈先生？瓦莲京娜惊讶得面红耳赤。"安德烈微笑着朝她点了点头。

卓娅说："瓦莲京娜校长，实在不好意思，还没来得急向您汇报。早上我刚到班上来看看，就看到安德烈先生走了过来，他递给我一张介绍信，我才知道，他就是教育总长安德烈先生。安德烈先生说，就不要惊动大家了，他就到班上听听课，然后和学生们在一起随便聊聊。"

瓦莲京娜这才明白是怎么一回事，她有些不解，为什么教育总长不打招呼就来了？这样他能看到什么呢？

安德烈大概看出了瓦莲京娜的疑惑，就笑道："我今天来收获很大啊！孩子们童言无忌，他们和我谈了自己的梦想，谈了对学校的意见，谈了对课本的改进的建议，也谈了个人的喜怒哀乐。听了这些，真的令我感动。安德烈又意味深长地说道，童心无须彩排，就这样原汁原味地释放出来，才会显得更加真实、可信。"

瓦莲京娜听了教育总长的一番话，脸一下子红到脖颈，不住地点头。

如果你有机会来伏尔加河畔这所小学参观，你就会看到，在学校的大门上，有这样几个大字：童心无须彩排。看到这几个大字，人们情不自禁地会停下脚步，内心里充满了绵绵不绝的回味和思考。

第十辑

拍打阳光的碎末

我看你有戏

从小，我就是一个十分羸弱、自卑的孩子，上课从不敢发言，被老师喊起来发言，从嘴里冒出来的声音，像蚊子哼。看到老师那鄙视的眼神，我变得越发胆怯和自卑。

我最怕的还是每学期结束的时候唱歌课考试。唱歌课考试要同学一个个站起来唱歌，音乐老师在前面伴奏。我平时上课发言都不敢大声，这下，要当着全班同学的面放声高唱，那真的像要了我的命。

音乐一响，我就急吼吼地唱起来。老师看我心急火燎地唱着，好像在跟别人抢什么东西，索性停止了伴奏，瞪着眼睛看着我。等我唱完，老师无奈地笑了笑，说："你这是在和谁赛跑啊，一口气就将一首歌唱完了，我都根本没法伴奏了。"

老师还算开恩，勉勉强强地给了我一个及格分。这个成绩，在我所有课程中，是最差的。

每次父亲看着我拿回来的成绩单，当看到唱歌成绩时，只是苦笑了一声："这也不能全怪你，我就不会唱歌，你随我了。"

初一的时候，我到了一所中学。我们的班主任是一个年轻的女教师。她很漂亮，也很活泼，她上课，总是有一种朝气和阳光，每当上她的课时，班上的同学都体会到一种很热情、活泼的气氛。

一天，她说在班上要组织一次演讲比赛，然后推荐优秀演讲者参加年级比赛，优胜者还将参加全校演讲比赛。

听到这个消息，同学们都很兴奋，许多同学踊跃报名。看着那些踊跃报名的同学，我心想，他们胆子真大，敢参加演讲比赛。

忽然，我听到老师喊我的名字。我不知所措地站了起来，不知道老师喊我干什么。看到我茫然的样子，老师笑道："你怎么不报名？我看到你写的作文很有情感，如果写演讲稿，也一定会演讲得好。"

我脸一下子红了，感觉脸颊很烫，像是发烧。没想到，老师竟然想到让我参加演讲，要知道，小学的时候，我就因为胆怯，上课时几乎还没有发过言，更别说在众目睽睽之下，参加演讲比赛了。

我憋了很大勇气，说了一句："我不会演讲！"

老师一脸真诚地说道："我们每一个人都不是天生就会演讲的，多锻炼几次，你就会越讲越好了。"末了，她又说了句："参加吧，我看你有戏！"

就这一句，不知怎的，让我的心一下子燃起火一样的激情，我竟鬼使神差地点了点头。

看着老师满意地记下了我的名字，我心里又有些懊悔，心想，我逞什么能呢？下课了，我向老师走去，我想告诉老师，我真的不会演讲，请她将我的名字划掉。没想到，老师看到我走来，竟开口先说道："不要胆怯，勇敢点，我看你有戏！"说罢，还用力拍了拍我的肩膀。这下我再也说不出口了，我只是木讷地点了点头。

演讲稿写好了，我每天对着镜子练习演讲，一个动作、一个眼神，我都反复地练习。我还邀请爸爸、妈妈听我演讲，看我有什么不足的地方。

爸爸、妈妈听了我演讲，感到十分惊讶，他们说："没想到，你演讲得这么好。"

听到父母的鼓励，我的信心更足了。

班上的演讲比赛开始了。我怀着忐忑不安的心情走上讲台。我将我平时在家不知练习了多少遍的演讲，声情并茂地演讲出来。当我演讲到最后一句"谢谢大家"时，全班顿时响起了一阵热烈的掌声。这掌声，我听起来，是那么动听、悦耳，这是我第一次听到有那么多的人为我鼓掌，我感到心中溢满了甜蜜。

演讲结束了，我被推荐到年级参加演讲比赛。我更加感到惶恐不安，我本以为能参加班上的演讲就很不容易了，没想到还要参加全年级演讲比赛，我一个劲地摆手，说道："我不行！我不行！"

没想到，老师又对我亲切地说了句："我看你有戏！"

就这句，又燃起了我内心的一股激情和信心。

令人意想不到的是，最后，我又被年级推荐出来，参加了学校演讲，最后还获了奖。一个生性孱弱、胆怯的人，在演讲台上，越走越远。演讲的巨大成功，也为我带来了巨大自信。从此，我逐步克服了孱弱、胆怯的性格，变成一个阳光、热情的人。

我永远也忘不了老师对我说的那句话"我看你有戏！"这句话，一直在我耳边回响。当我人生遇到挫折和困厄时，那句"我看你有戏"就又在耳旁响起。这句话，给了我一种信心和力量。是的，永远不要看轻自己，你只要努力，就一定会有戏！

卡卡的选择

卡卡是巴西里约热内卢罗西尼亚贫民窟一个13岁的孩子，他从小的梦想，就是将来也成为一名黑帮成员，端着冲锋枪，靠抢杀为生。他的父母靠给富人打苦工维持生计，他们对于卡卡有这个梦想感到很高兴，他们想，将来如果卡卡加入了黑帮，就吃喝不愁了。他们的梦想，就是这么简

单、粗暴、血腥。

生活在贫民窟的孩子，大多数的梦想，就是长大了成为一名黑帮成员，靠烧杀抢掳为生，这也是家长们所期望的。因为对于贫民窟的孩子，加入黑帮、贩毒，是他们唯一的选择。

2010年12月，中国国家电网巴西（控股）公司来到这里后，为巴西北部地区输送特高压电力技术，为巴西经济发展，带来巨大变化。国家电网巴西（控股）公司的工作人员，在这里施工时，发现罗西尼亚贫民窟的孩子们，整天在街头闲逛、打架，惹是生非。他们只崇拜黑帮、贩毒，对其他事情知之甚少。看着这一张张天真无邪的脸，他们感到痛心疾首。

他们看在眼里，急在心里，他们想为这些孩子做一些实实在在的事，让这些孩子，看到生活的明媚和锦绣。于是，他们在罗西尼亚贫民窟，建立了一个乐器学校，免费教孩子们弹奏各种乐器，让孩子们从小学会一技之长，将来成为一个对社会有用的人。

看到这所免费的乐器学校，孩子们乐坏了，他们纷纷来到这里，报名参加学习乐器。短短几天时间，这所学校就招到了300多名孩子。这些孩子，都在7岁到13岁之间，他们来到这里学习小提琴、萨克斯管等乐器。

一天，卡卡来到学校外面，听到教室里传来悦耳动听的音乐，就好奇地趴在窗口往里看。他惊讶地看到，里面有许多和他一般大的孩子在拉琴。那优美的琴声，就是从那琴弦上传出来的。他听得如痴如醉，忘记了周遭的一切。

忽然，教室的门打开了，从里面走出一个笑容可掬的人。只听到那人亲切地说道："小朋友，请进来听吧！"

卡卡怯怯地走进教室。他走到那些孩子们的中间，摸摸这把琴，看看那把琴，心里像吃了蜜一样甜。这是他第一次看到这些乐器，这些乐器，在他眼里，绽放出艳丽的色彩。

老师和蔼地问道："你想学拉小提琴吗？"

卡卡眼睛里露出兴奋的光彩，但很快又黯淡下来，他幽幽地回答道："想，可是我家里没有钱。"

老师抚摸着卡卡的头，柔和地说道："这里不要钱，只要你想学，你就一定能学会。"说罢，老师又托起卡卡的手，说道："这双手可是拉小提琴的手啊。"

卡卡仔细地抚摸着自己的一双手，一遍遍地问自己：我的这双手，也能拉小提琴吗？

卡卡怀着既兴奋又紧张的心情，来到这所由中国援建的乐器学校学习。卡卡很有音乐天赋，很快就学会了拉小提琴。他的琴声，悦耳、动听，像百灵鸟一样悠扬、婉转。

每天回到家，卡卡还要在家练习几个小时的小提琴。他站在窗前，轻轻拉起小提琴，琴声像长出了翅膀，在贫民窟的上空回荡。许多大人和孩子趴在他家窗前，听他那美妙的小提琴声，他们听得如痴如醉，眼睛里闪烁着幸福的光芒。许多家长对孩子说："你们长大了，也要像卡卡一样，这才是有出息的人。"

卡卡的父母现在对卡卡学拉小提琴也非常支持，他们对卡卡有了新的梦想，感到非常高兴。他们摩挲着锃光发亮的小提琴，兴奋地说："这才是有真正梦想的人。"

卡卡和他的乐队还走出贫民窟，来到里约热内卢、圣保罗、巴西利亚、萨尔瓦多等城市的剧院、社区、学校演出。他们优美的琴声，受到观众们的热情欢迎。听到那些热烈的掌声，卡卡心里充满了自豪和喜悦。观众们最喜欢听卡卡拉中国音乐《茉莉花》《江南美》《雨打芭蕉》等，观众们兴奋地说道，这是他们听到的最美的音乐。

现在卡卡有了更多的人生选择，他的琴声，也改变着越来越多像他这样生活在贫民窟的孩子的人生。那优美的琴声在贫民窟上空回荡着，像香甜的甘露，滋润着人们的心田，传递出绵绵不绝的感恩和爱。

命运已给了你那么多的暗示

当得知表哥被确诊得了严重疾病后，我感到十分惊讶。表哥在我印象中，一向身体很健康，从来没有听说过他有什么身体疾患，怎么一下子就得了这么严重的疾病？

我焦灼地赶到医院去看他，发现表哥一点没有表现出颓废的神色，他只是苦笑道："其实在得病之前，命运已给了我许多暗示，可是我一直没当回事，一直硬挺着，终于挺不住了，一查就已经是晚期了。"

我疑惑地问道："什么暗示？"

表哥说道："早在七八年前，我就发现我的眼睑常常出血，小腿经常肿痛，还经常肠胃不好……爱人多次提醒我，要我去医院看看，可我总把这些不当回事，其实这些都是身体亮起红灯的暗示，如果那时去看，根本不会出现今天这种情况。"

我去找医生，问有没有什么特殊有效的治疗办法。

医生不无遗憾地说道："如果早来半年，情况还不会像现在这样严重。对于这种重症，现代医学也常常是无力回春的。"

医生又说道："其实许多得了重病的人，并不是一下子就得了这么重的病，平常自己的身体已给了他许多暗示，这些暗示实际上是在提醒当事人，不要忽视自己的身体出现的那些不正常现象，要赶紧引起重视。"

医生又不无感慨地说道："定期体检，发现小毛病，及时治疗，这不是怕死，而是对生命的敬畏，也是一种态度。可是，生活中，我们许多人，正因为不重视身体出现的那些暗示，以至于酿成了大毛病，对本人和家庭，都是一个很大的负担和损失。"

我这才明白，表哥实际上是错过了许多挽救命运的机会，他错过了那些点点滴滴的暗示，以至于造成今天这种严重后果。

舅舅曾是一家单位的领导，他曾是我们亲戚的骄傲。听说舅舅的权力很大，在单位是一言九鼎，从来都是说一不二的。没想到，舅舅快退休了，却因违纪违法，被判了刑。舅舅的高大形象，在我们面前轰然坍塌。

我心情沉重地去监狱探视他，只见他身着囚服，佝偻着身子，一副猥琐的样子，简直和以往的形象大相径庭。他耷拉着脑袋，神情黯然地说道："其实，在犯罪之前，命运已给了我许多暗示，对那些暗示，我不屑一顾，以为没有什么大不了的，结果还是东窗事发，进了牢房。"

我疑惑地问道："什么暗示？"

舅舅说："我在当领导期间，你舅母经常提醒我不要贪小便宜；亲戚们也婉转暗示我要把稳自己，不要阴沟里翻船；上级纪委也曾找我谈过话，叫我要以身作则，不要犯了不该犯的错误……可是，对这些善意的暗示，我根本没放在心上，依然我行我素，胆大妄为。结果，终于东窗事发，锒铛入狱。"舅舅说到这里，使劲地揪着自己的头发，追悔莫及地说道："千不该，万不该，要怪只能怪我自己，因为命运曾给了我许多暗示，我这只是咎由自取。"

舅舅说到这里，眼圈一红，流下了两道悔恨的泪水……

别说事情发生之前，命运没有给你什么暗示，命运实际上给了你许多暗示。只是你对那些曾经的暗示不屑一顾。重视命运中给你的那些小暗示，你会认清自己，会使自己的步履迈得更加踏实、稳健。重视生命中的那些小暗示，是人生的一种智慧和聪明。

拍打阳光的碎末

教室外有几棵高大的白杨树，阳光穿过白杨树的枝叶透过窗户照进教室里，同学的身上、桌上、地上落下阳光的碎末。这些碎末泛着亮光，随着窗外枝叶被风吹动，不停地跳动着。有时同学们看到，讲台上老师的身上、脸上也跳动着阳光的碎末。看到那些阳光的碎末，严肃的课堂，仿佛流淌着一种轻松和愉悦的气息。

下课了，同学们三三两两走出座位，有的同学用手拍打着同学身上跳动的阳光碎末，同学笑嘻嘻地极力躲闪着；有的拍打着桌上跳动的阳光碎末，发出乒乒乓乓的响声；有的追逐着脚下跳动的阳光碎末，引来笑声一片……

那个拍打跳动阳光碎末的青涩，一直不曾忘却。很多年后，当我们这些同学再次相聚时，当我们说起那时在学校里最令人难忘的印象时，同学们几乎异口同声地答道，拍打阳光跳动的碎末。

话音落下，教室里竟变得一片寂静。很久，传来女人的抽泣声，女人边抽泣边说道，这么多年来，我再也没有拍打阳光跳动的碎末的那份单纯和情趣了。阳光跳动的碎末，我似乎再也没看见了，不是没有，而是没有那份拍打的雅致和单纯。

一件简单的拍打阳光跳动的碎末，竟成为一种遥远的过往，甚至再也难以回忆起来。

那一刻，人们的心中似乎变得有些沉重，脑海里那个在课堂上拍打阳光跳动碎末的镜头，一遍遍，在脑海里闪现，挥之不去……

回乡下看望母亲。推开院门，看到母亲坐在院子葡萄架下的小凳子上，手里拿着一只苍蝇拍，在身边拍拍打打的。她边笑呵呵地拍打，嘴里还边说着："就你！就你！"

我说："妈，您在打苍蝇啦！"

母亲抬起头，笑道："这里哪有苍蝇？我在拍打阳光的碎末。"

我听了，感到很好笑，说："妈，您多大了，还有这份童心？"

母亲说："每天我都在这拍打阳光的碎末，这是我的一种生活，我觉得拍打阳光的碎末很有情趣，它给我带来一种简单和快乐。"

　　我听了，脸上露出疑惑的神情。

　　母亲抬起头，问道："孩子，你平时也拍打阳光的碎末吗？"

　　我皱着眉，瓮声瓮气地说："我哪有那份情调去拍打阳光的碎末？每天从早忙到晚，就是有阳光的碎末在我眼前不停地跳动，我也看不见呀。那还是我小时候上学拍打过，以后再也没有过了。"

　　母亲听了，轻轻地叹了一口气，说："没想到，你把阳光的碎末都弄丢了。来，坐在我旁边的小凳上，你也来拍打下阳光的碎末。说罢，母亲将手中的苍蝇拍递了过来。"

　　我接过苍蝇拍，坐在小凳子上。我看到，阳光透过葡萄架的枝叶，在地上洒下片片点点的阳光碎末，这些阳光碎末在不停地跳动着。我用苍蝇拍拍这些阳光碎末，拍来拍去，却总也拍不到。

　　母亲看着哈哈地笑着，还不停地说："这儿、这儿，快拍、快拍！"

　　母亲似乎有些急了，她抢过我手中的苍蝇拍，往我身上、头上拍打着，我左闪右躲着，笑出声来。母亲边拍打边说："你这身上这么多的阳光碎末，你怎么瞧不见？"

　　母亲忽然又拍打着自己身上，说："你瞧，我这身上也到处都是阳光的碎末呢。"

　　恍惚间，那个孩提时代在课堂上拍打阳光的碎末的情景，又在眼前浮现。我忽然感到，我和母亲就是当年的那些同学，我们在嘻嘻哈哈拍打着阳光的碎末，也拍打着童年的欢声和笑语。

　　母亲停下手，意味深长地说道，孩子，这个童年的游戏不应该丢弃，无论长多大，生活阅历有多丰富，变得多么深沉和成熟，永远不应该忘记这份快乐。在拍打中，它会让你在单纯、简单中，找到生活快乐的源泉。快乐永远不复杂，快乐就是时时看到阳光的碎末，然后追逐它们、拍打它们，你的胸中才会永远洒满阳光。

　　我久久地凝视着母亲，没想到，我那没有多少文化的母亲，竟说出这

么充满智慧和哲理的语言，给人带来一种启迪和思考。

我将手伸向母亲，说："妈，您将这把苍蝇拍送给我好吗？"

母亲笑着说："你要它干什么？"

我说："我也要时时拍打阳光的碎末，在拍打中，去感受和体验更多的生活快乐和情趣。"

母亲笑道，"这才是我希望看到的儿子，无论生活如何变化，你永远是那么简单、那么单纯、那么天真！"

说出你的悲伤

"同学们，今天我们这节课，是'说出你的悲伤'，大家心里有什么悲伤的事，可以大声说出来，让大家帮你出出主意。"

学生们听了我这句话，一个个抬起头望着我，好像在说，老师怎么让我们说出自己心里的悲伤？我们平时都喜欢说出自己种种的小幸福，就是发在微博里的文字和照片，也都是自己的小幸福啊，哪个愿意说出自己的悲伤？悲伤，只能是埋藏在自己内心里的小秘密啊！

看到学生们面面相觑的样子，我说："老师先说说自己的悲伤，大家可以帮我出出主意，也许你们的主意，就是对我最好的鼓励和安慰。"

学生们听说我要说出自己的悲伤，感到更加惊讶，他们一个个大眼瞪小眼地望着我，仿佛在说，老师也有悲伤？

面对学生们疑惑的目光，我有些伤感地说道："老师最近有几件悲伤的事，心里很郁闷：一是校长最近批评我，说我经常拖堂，学生们不能正常下课；二是上个月我被扣了200块奖金，原因是我有两次早退。"

学生们听了我说出的悲伤，不禁哄堂大笑起来，下面有人小声地嘀咕道："没想到老师也有悲伤，她要不说，还真没看出来！"

我说："老师也是凡人，我们每一个人在生活中，都会遇到各种悲伤，将那些悲伤说出来，才能调整好心态，更好地向前走。"

学生们听我这么一说，顿时安静下来，大家好像都在努力帮我出主意。不一会儿，就有一个女生站了起来说："老师，我觉得今后您将每堂课准备充分些，上课的语言简练些，这样就不会拖堂了；另外，您上班早退，就像我们上学逃学一样，肯定要被批评的，以后您下班后，尽量将自己的私事安排好，这样就能避免早退了。"

我夸赞道："你提的建议很好，我今后会按照这种方法操作的。"

有了这个学生开了头，立刻就有其他学生提出自己的看法。有的说"拖堂不仅影响了同学们的休息，也影响了老师休息"；有的说"我妈上个月也被扣了200块奖金，我安慰她说，我本来想买一件新衣服，现在不买了，您也不要难过了，少买一件衣服，就省下了那笔钱"；……

听大家说出各种方法，我很感动，别看孩子们岁数不大，但主意还挺多。我说道，同学们出的这些主意都很好，对我启发很大，我心里一下子亮堂了许多，我非常感谢大家的安慰和鼓励。大家可以像我一样，有什么悲伤就说出来，请大家帮助出出主意。

在我的引导下，学生们一下子来了兴趣，许多学生积极发言，争相说着自己的悲伤。有的学生说，"我妈经常偷看我的日记"；有的学生说，"我的朋友很少，感到很孤独"；有的学生说，我喜欢睡懒觉，经常迟到；有的学生说，"我就怕考试，一考试，心就发慌"……一时间，学生们说出了自己的一个个小悲伤，这些小悲伤，他们平时都压在心底，从没有表露出来，这下，大家一说出口，好像一下子变得轻松了许多。同学们听了别人的小悲伤，都兴致勃勃地出主意、想办法，一下子人人都好像成了心理医生，课堂上的气氛变得热烈起来。

我惊讶地发现，自从在课堂上开展"说出你的悲伤"，同学们之间变得融洽、友爱起来，大家互相关心、互相帮助，整个集体表现出积极、向上的新景象。

说出你的悲伤，得到大家的释疑、解惑，就能给自己带来一个好心情，同时，也增进了同学之间的相互信任和友爱。从小学会帮助别人、关心别人、安慰别人，也是重要的一课。

"得不到"与"已失去"

一天，诊所里来了一个就诊的病人。这人大概40多岁的样子，他一进门，我就发现这人气色不太好，脸色蜡黄，头发干枯，精神萎靡不振。这种精神状况，我几乎每天都能见到。果然，这人一坐下来，就长吁短叹起来。

我问他哪里不舒服。

那人愁眉苦脸地说："我一直失眠，晚上睡不着觉，整天头昏沉沉的，一点劲也没有。"

我说："谈谈你个人情况吧。"

他说："这和我的病情有什么关系呢？"

我说："有关系！"

他看着我，停顿了好一会儿，然后重重地叹了一口气，说道："你不知道，我的压力大啊。"

我问："什么压力啊？"

他说："我工作了20多年，到现在还只是一个小职员，和我一起进机关的那些人，哪个不混个一官半职的？他们整天不是吃吃喝喝，就是天上飞来飞去，他们住得好、吃得好、玩得好。可我却还在为每天吃喝拉撒发愁，他们凭什么过得比我好？眼看自己是'奔五'的人了，已失去人生的大好时光，该得到的却一点没有得到，我日思夜想，为自己人生嗟叹不已。"

听了这人的个人情况介绍，我对他的病情已略知一二，我说："听了你的情况介绍，我也感到很不平，好处都让别人得到了，而你什么也没得到，却失去了那么多，真的不公平。我现在想听听你生活中有什么好事。"

那人一脸疑惑地问："我能有什么好事？"

我说："怎么没有？任何人都有他的好事。当一个穷光蛋，偶尔在他的口袋里发现还有一枚硬币时，他一定会为自己的富有而兴奋不已。你仔细想一想，你有这样的好事吗？"

那人望着我，想了想，说道："如果这也算是好事，那我可多啦！我的妻子很爱我，从来不小瞧我；我的儿子学习很好，从来不让我操心；另外，我还有一个电器修理技术，经常有人请我去修理家用电器，他们都夸我聪明能干……"

我笑道："你看，你有这么多好事，怎么能说没有好事？"

我发现，这人在说到自己的那些好事时，脸色渐渐变得红润起来，有一种亢奋状态。我握住他的手说："兄弟，你比我幸福多了。我的妻子很强势，对我很苛刻，还常常给我施点小家暴；我女儿学习接受能力差，让我很操心；我还有糖尿病，要忌嘴的东西有很多……"

那人听了，眼睛瞪得大大的，眼神里闪烁着兴奋的光芒。

我对那人说，生活中，不要总是看到别人的好，多看看自己的好，才会使自己的生活多一份色彩和艳丽。传说一株含羞草问小松树："世间什么最珍贵？"小松树伤感地说："它曾经默默地爱着一个女孩子，可是却得不到。回首往事，一切都已失去。"含羞草告诉它："我就是你默默地爱着的那个女孩子，可你却从未低头看过我。"小松树惊讶得目瞪口呆，它满含热泪，紧紧拥抱着含羞草。含羞草又问它："世间什么最珍

贵？"小松树一下子大彻大悟了，它说："世间最珍贵的是现在能把握的幸福。"话刚说完，含羞草现了原形，原来她真的就是它曾经默默地爱着的那个女孩子。

那人听完，呼啦一下站起身，他紧紧地握住我的手说："我明白了，世间最珍贵的不是'得不到'和'已失去'，而是现在能把握的幸福。"他有些激动地说："你不仅使我思想开了窍，也治好了我的病，我知道今后该怎么做了。"

那人说完，红光满面、精神抖擞地离开了诊所。

最高明的魔术师

我曾带过小学三年级，这个班有一个男生，学习很好，特别喜欢做手工劳动，但他有一个很不好的毛病，就是喜欢拿人家的东西，看到别的同学有什么漂亮的笔和本子，就想放进自己的口袋里。其实，他什么都不缺，他家里条件很好，父母在他学习上也舍得投资。许是家庭条件太优越，他性格中有点桀骜不驯。

我一直在思考着这个问题，想找出一个恰当的方法，提醒他一下，而又不伤了他的自尊心。我想，孩子还很小，心灵很脆弱，稍有不慎，就有可能伤了那份脆弱、敏感的心，甚至有可能影响他一辈子，给他的心灵造成很大的阴影。

一天下课后，我下意识地走到他座位旁，仿佛忽然想起了什么似的，对他说道："老师有个手工劳动老是做不好，放学后，能到老师办公室去，教老师做吗？"

他听了，高兴地答应了。

放学后，我正好在另一个班还有一节课，回到办公室稍微迟了一点。当我从办公室窗户经过时，发现他已经坐在我办公桌的座位上，正在翻动我的抽屉。

我心想，多么没有礼貌的一个孩子，太随便了，怎么能随便翻动别人的抽屉？突然，我发现他拿出一把小剪刀，他看了看，然后迅速装进口袋里。

这一幕，我在窗外看得清清楚楚。那是一把非常普通的小剪刀，刀口还缺损一块，只不过我用橡皮筋缠住了剪刀的把手，显得有些漂亮和新颖。

我进了办公室，假装什么也不知道，热情地和他打着招呼。

他看到我来了，马上站起身，将座位让开。

我拿起一本手工贴画，说："这架飞机我总做不好，你能教教我怎样做吗？"

他看了看说道："这很容易，我做给你看。"

他拿起贴画，很认真地教我做起来。不一会儿，这架飞机就做好了。我拿起这架飞机，对他说道："你很聪明，这下我终于会做飞机了。为了奖赏你，老师教你玩一个小魔术。"

他听我要教他玩个小魔术，高兴地说道："谢谢老师！"

我拿出一把小刀，对他说："我能把这把小刀变成一把小剪刀。"

他听了，脸上闪过一丝不安，勉强地"哦"了一声，另一只手不自然地摸了摸自己的口袋。这一细微动作，没有逃过我的眼睛。

我将小刀握在手心里，轻轻地吹了一口气，又在空中胡乱挥舞了一下，然后将手心打开：小刀果然不见了。

变这个魔术我心里一直很紧张，因为我一点也不会变魔术，这个魔术纯粹是我临时瞎编的。我对他说："这把小刀已经变成一把小剪刀，这把小剪刀现在跑到你口袋里了，你掏掏看。"

他脸一下子红了，将那把剪刀从口袋里掏出来了。我故意惊呼道："你看，老师厉害吧。"

他轻轻地点了点头。我接过剪刀，对他说："你看，这把剪刀跟随老师好多年了，刀口已破损了，但我一直舍不得丢，我用橡皮筋缠在把手上，就显得有些新颖和别致了，这把小剪刀就送给你吧，以后你看到这把小剪刀，就会想起老师，想起老师变的小魔术。"我把小魔术三个字有意说得很重。

他接过小剪刀，对我鞠了一躬，说道："老师，您真好，谢谢您！"

看着他身轻如燕地走出办公室的背影，我轻轻舒了一口气，心里又有些隐隐的忐忑和不安。不过，从此以后，再也没有同学反映他拿过别人什么东西了，相反，他喜欢教同学用五颜六色的橡皮筋缠绕各种文具用品，同学们的文具用品变得色彩斑斓起来。

很多年后，我收到了这位学生给我写的一封信，他在信中写道："您不仅是一名好老师，也是一名高明的魔术师。尽管您那个小魔术变得很不高明，当时，我看得清清楚楚——那把小刀就掉在我的脚下。但是，我一直认为，您就是世界上最高明的魔术师，您把一个人的心灵，变得健康、积极、纯洁起来。"

慢半拍再哭

医生从病房里出来告诉我说，老人家没有救了，请安排后事吧！

当得知外婆去世的消息，我一下子哭了起来。从小我就是外婆带大的，我和外婆感情很深，外婆虽然已是80高龄的老人了，但她身体一向十分硬朗，这么大岁数了，还每天下地干活。没想到，竟突然生病了，这一病，就再也没有抢救过来。

我正低头哭泣，母亲走了过来，她拍了我一下，含嗔道："哭什么哭？外婆又醒过来了。"

我一下子惊呆了，惊讶地问："外婆不是去世了吗？"

母亲笑道："你外婆命大，刚才我正在给她穿寿衣，她竟突然醒了，她一醒来，就张口喊饿，还问我要吃的。"

我扑哧一下笑出声来，赶紧往病房跑去。

外婆看到我脸上还挂着泪花，用手抹去我脸上的泪花，说："外婆命硬，一时半会儿死不了，孩子，你给我记住了，以后不管遇到什么事，要慢半拍再哭，等一会儿，说不定会峰回路转、柳暗花明呢。"

我紧紧地握住外婆的手，用力地点了点头。慢半拍再哭！我一遍遍地回味着外婆这句话，心里为刚才的失态和茫然而自责。是啊，生活中，我听起风就是雨，如果慢半拍再哭，说不定真的会有另一种景致。

人到中年，突感身体不适。到医院检查后，医生神情凝重地对我妻子说："赶紧带他到大医院检查下吧，看来情况不太好，我们这个小医院没有那个医疗设备。"

妻子一听，就哭了起来，好像到了世界末日。我拽了拽妻子的衣袖，说道："哭什么？医生不是说啦，他们这个小医院没有那个医疗设备。"

妻子还在抽泣，很无助的样子。我有些愠色道："外婆曾经告诉我，不管遇到什么事，要慢半拍再哭，等一会儿，说不定会峰回路转、柳暗花明呢。"

医生忽然紧紧地握着我的手说："您外婆说得太对了，我的外婆也曾经对我说过这样一句话"转而，医生又对我的妻子说："您先生说得对，慢半拍再哭，在临床上经常发生峰回路转、柳暗花明的奇迹。"

妻子这才抹去眼泪，匆匆带我到大城市医院会诊。结果出来了，医生说，在医学上，这叫"亚健康"，是因为生活压力大，身体疲劳所致，回去多休息、多调养，过一段时间就会有好转的。

妻子听了，终于露出久违的笑容，她一下子抓住我的手说："外婆说得真好，慢半拍再哭，真的会发生峰回路转、柳暗花明的奇迹。"

生活中，懂得慢半拍再哭，是一种智慧和豁达。别怕，慢半拍再哭，给自己留下思考和行动的空间，说不定真的会发生峰回路转、柳暗花明的奇迹。

等到烟火清凉

"妈，今天天气好，我陪你出去走走！"母亲听说我要带她出去走走，欣喜地拿起她的那只小挎包，蹀蹀躞躞地走出屋子。

我忙跟了上去搀扶起母亲说："别急，我搀着您走。"

母亲甩开我的手说道："我能走，不需要你搀扶。"

母亲已是年近90岁的人了，身体硬朗，精神矍铄，但毕竟岁数大了，腿脚已不太利索，母亲要出去走走，我们不放心，总是得有人陪着她。

母亲生性开朗，脸上总是溢着笑容。一路上，母亲不时和街坊热情地打着招呼，街坊看到老母亲出了门，不时有人走了过来，絮絮叨叨地和母亲唠起家常。

一个街坊看到母亲，拉起母亲的手，说着说着，还抹起了眼泪。

母亲拍着那人的手心，轻轻安慰道："大妹子，消消气，等过了这段烟火，气就会消了。等消了气，你再想想，你就会想到媳妇的好来。你看，你上次生病，我听说你媳妇还在医院服侍了你好几天呢；还有，过年时，你媳妇还给你做了新衣服、买了好吃的呢。"

那妇人听了母亲一番开导，脸上渐渐露出了笑容，说道："老姐姐啊，您说得太有道理啦！听您这么一说，我媳妇是不错，也许我平时说话急了些，造成了一些误会，我马上回去，给媳妇打两个鸡蛋，她今天上夜班，很辛苦的。"

那妇人说完，和母亲道了别，一脸笑靥，往家里走去。

看着那妇人远去的背影，我不禁暗暗钦佩老母亲开导人的技巧，她的话让人心里很快就春和景明、波澜不惊了。陪老母亲出来走走，不仅母亲心里甜丝丝的，我也受到感染、受到启发。

记得有一次，我陪母亲出来散步。突然，我发现一个年轻人骑着自行车，歪歪斜斜地冲了过来。我立刻大声提醒，并将母亲迅速拉到一边。就在这一刹那，那人将车直直地撞到我的腿上才停了下来。

我卷起裤脚，发现腿上被撞破了一块皮，渗出一片殷红，于是阴沉着脸，呵斥着那人。那人许是受到惊吓，一脸惊恐，不知所措。母亲在一旁静静地看着，然后将我拉向一边，对我耳语道："你看你，生这么大的气，你没注意到吗？这个人好像是个民工呢，他骑着辆破旧的自行车，车上还有瓦刀，他们进城干活不容易，不要吓了他，让他走吧。"

听了母亲一番话，我的气也消了一大半，我朝那民工挥了挥手，说道："你走吧，以后骑车要小心点，不要骑得太快，要注意安全啊！"

那人听了，忙不迭地道着歉，一脸悔意。

看着那人骑远了，母亲拉起我的手说："到卫生所擦点药水，过几天就好了。"我一瘸一拐地走着，笑着对母亲说道："妈，我发现您生活中遇到委屈的事，总是很少生气，您是怎么控制自己火气的？"

母亲笑道："生活中遇到的不如意的事常八九，如果一遇到不如意的事，就像点燃的炮仗，这怎么行？等到烟火清凉，你会发现，刚才那些委屈简直不值得一提。多些平心静气，你会欣赏到更多的美景和锦绣。"

母亲的话，让我猛然一惊。我想起，每当我对母亲说起工作上受到的一些委屈，母亲总是对我起这句话，等到烟火清凉，你就不会这么生气了，这真的是一味最美的良药。母亲一生，经历了无数坎坷，但她没有抱怨、没有牢骚，总是微微一笑，然后坚强地走下去。

我曾疑惑过，母亲为什么很少生气呢？原来她不是没有委屈、没有悲伤，而是心里始终有着一颗等到烟火清凉的心，这样才看到生活中更多的真善美。

我忽有所悟，人生中，我缺少的不是金钱和财富，缺少的是母亲等到烟火清凉的那种宽容和大度。拥有一颗等到烟火清凉的心，也是一种力量和强大。

后记

在观念嬗变、日新月异的今天，人们有太多的追求和渴望，因而多了一种浮躁、一种迷惘。让读者懂得敬畏，知晓感恩，学会博爱，从而澄明人生与生俱来的自在和本真的品质，就是这本《我们一直都在行走中》一书编写的初衷。作者相信：总有一种"真、纯、善、美"的力量能让人感受阳光、温暖心灵。

作者在编写这本书的时候，正逢生病住院，是在病榻上完成这本书稿的。此书从而多了一份思考、一份沉重、一份沉淀。在编完这本书后，忽然发现，病症也好了许多，不禁莞尔，原来好的文字也可以疗伤的，它是最美的心灵鸡汤。冥冥之中，不禁感谢上苍，让我生了这场病，从而完成了这本书稿，并最终付梓，将它呈现给了广大读者。

尽管作者尽了最大的努力，但是受水平的局限，书中错误抑或纰漏恐是在所难免，这如同某一道菜肴可能并不完全符合您的口味。在此，除了向编辑和读者朋友们由衷致谢外，还想就书中因作者的水平问题可能造成的失误，恳请读者朋友们的谅解。

再次感谢广大读者对这本书的认可、理解、热心教诲与支持！

愿您心情愉悦，笑口常开。

李良旭

2014年冬